Patrick Süskind

鸽子

Die Taube

聚斯金德作品集

[德]
帕特里克·聚斯金德
著

蔡鸿君　张建国　陈晓春
译

上海译文出版社

Der Kontrabaß

目 录

代序｜

鸽子

1988年9月1日，帕特里克·聚斯金德给本书译者之一蔡鸿君先生写来一封信，现将主要内容摘译如下，作为“代序”。

您喜欢《鸽子》并且和您的朋友一起将它翻译成中文，这真让我感到高兴。

关于我自己，没有多少好讲的。我于1949年3月26

日出生在巴伐利亚州慕尼黑附近的一个小村子里，在附近上的学，1968 年起，先后在慕尼黑和法国南部城市埃克斯昂普罗旺斯上大学，学的是历史，时间相当长，而且没有毕业。大约从 1975 年起，我靠给电视台写脚本挣生活费，同时继续写比较短小的故事，已经写了很久，要么根本就没有发表过，要么就只是刊登在文学杂志上。1981 年，我的一个叫《低音提琴》的剧本还算比较成功，1985 年出版了您已经熟悉的《香水》，1987 年出版了《鸽子》，目前我什么也不写，因为我想不出任何东西要写。

关于您提的五个问题，我想作以下的回答：

一、 您是怎样走上文学道路的？

我一直记得，至少是在十五六岁的时候，我就想写作。事实上，我父亲也是作家，这也许和产生这种愿望有着一些关系。

二、 您作为作家感到最愉快和最不愉快的事是什么？

当我成功地写出小说里的一个好句子或者一个段落，当我找到了合适的词的时候，我感到最愉快。像您提的这五个问题，使我感到最难堪。

三、 您最喜欢哪位作家、哪部作品？

我不知道我最喜欢哪位作家和哪部作品，即使我知道，我也不想透露。

四、 您对外国读者特别是中国读者有什么希望？

对于读者——国外的或者国内的——我根本就不抱任何希望，除非是希望未来仍然还会有读者。

五、 您是否读过中国文学作品？有什么看法？

我不得不遗憾地承认，除了童话以外，我还从未读过一部中国的文学作品。我记得，在年轻的时候，曾经读过一大批中国的童话。

——帕特里克·聚斯金德

鸽子

DIE TAUBE

蔡鸿君 张建国 译

当鸽子的事发生的时候，约纳丹·诺埃尔已经五十多岁了，这件事突然之间改变了他的生活。回想将近二十年平静的生活，他恐怕还从未料到除了有朝一日弃世而去之外，还会遇上其他什么重要的事情。这对他来说是完全合适的，因为他不喜欢动荡，讨厌那些打破内心平衡、扰乱外界生活秩序的事件。

谢天谢地，绝大多数诸如此类的事件统统留在了遥远的、模模糊糊的童年和青年时代。他不愿意再去回想这些往事，即使有时也会极不舒服地想起在夏朗德[1]的一个夏天的下午，那是在1942年7月，当时他钓完鱼正往家走……那天刚刚下了一场暴雨，这会儿雨仍未停，这是持续数日的炎热天气之后的一场及时雨。在回家的路上，他脱掉鞋子，赤脚走在又热又湿的沥青路上，噼噼啪啪地从小水洼里跑过，给他带来了一种难以形容的乐趣……他钓完鱼回到家里，跑进厨房，满心指望会碰上母亲正在做饭，但是，母亲已经不在那儿了，只有她的围裙依旧搭在椅背上。父亲说，母亲走了，她要出门较长一段时间。邻居们说，她是被人带走的，先是被弄进“冬季赛车场”，然后

1　夏朗德，法国的一个省。

再被送入德朗西[1]的集中营，从那里又去了东边，同去的人一个也没有回来。约纳丹对此事一点也不明白，这件事完全把他弄糊涂了。几天以后，父亲也失踪了，约纳丹和他的小妹妹意外地上了一列开往南方的火车。夜里，他们在一群陌生男人的带领下穿过草地和树林，然后上了另外一列南行的火车，到了离家很远的地方。他们的一个素未谋面的叔叔把他们从卡瓦龙[2]带回自己位于迪朗斯[3]河谷的普吉特镇附近的农庄。他把他们藏在这里，直到战争结束；战后，他让他们在菜地里干活。

五十年代初，约纳丹逐渐对农业工人的生活感到满意。叔叔要他报名参军，于是，约纳丹就顺从地尽

1 德朗西，法国巴黎东北部的城市，第二次世界大战期间，被德军占领，设有一个纳粹集中营。

2 卡瓦龙，法国城镇。

3 迪朗斯河，法国阿尔卑斯山区主要河流。

了三年义务。第一年，他唯一的事就是努力习惯于那种令人讨厌的军营集体生活。第二年，他被用船送到了印度支那。第三年的大部分时间，他是在战地医院里度过的，先是脚上中了一枪，然后腿上又挨了一发子弹，另外还得过一场阿米巴痢疾。当他 1954 年春天回到普吉特镇时，他妹妹不在了。据说她移居到加拿大去了。叔叔要约纳丹尽快与一个名叫玛丽·巴库切的姑娘结婚。这个姑娘住在附近的劳利斯村，约纳丹以前从未见过她。他乖乖地按叔叔的吩咐办妥了一切，他甚至心甘情愿地这么去做，因为，虽然当时结婚对他来说只是一个模糊的概念，他却希望能在婚姻中最终找到那种平静安谧、相安无事的状态，这是他心中唯一的渴望。但是，四个月以后，玛丽生下了一个男孩，同年秋天，她同马赛来的一个突尼斯水果商私奔了。

约纳丹·诺埃尔从所有这些事件中得出了一个结论：不要相信任何人，只有与他人保持距离，才会有安宁的生活。因为他已成为全村的笑柄——妨碍他的并不是人们对他的嘲笑，而是由此引来的人们对他的公开注意，所以他一生中第一次自己作出了一个决定：去农业银行取出了他的积蓄，打点行装，去了巴黎。

在这以后，他曾经交过两次好运：在塞夫尔大街的一家银行找到了一份当守卫的差事；在普朗士大街的一幢大楼的第七层找到了一个住处，一个所谓的chambre de bonne[1]。要去这间屋子必须经过后院和专门运货的窄小楼梯以及一条狭长的、只有一扇窗户、

1 法语：女用人的房间。

光线很暗的过道。过道的两边有二十四间房间，门漆成灰色，上面标着房号，过道的尽头是24号房间，即约纳丹的房间。这间屋子长三点四米，宽二点二米，高二点五米，屋里的陈设十分简单：一张床，一张桌子，一把椅子，一盏白炽灯，一个挂衣钩，除此之外，别无他物。直到六十年代，这里的电线才增加了负荷，以便居住者可以接上烹饪电炉和电取暖器，同时还敷设了自来水管，每个房间也装上了各自的洗脸池和锅炉。在此之前，阁楼的所有住户——只要他们不违反规定使用酒精炉——都是吃凉的食物，在寒冷的房间里睡觉，在过道里紧挨着公共厕所的那个唯一的洗脸池里用凉水洗袜子、洗为数不多的餐具以及洗脸洗手。所有这一切对于约纳丹来说并无妨碍。他追求的不是舒适的设备，而是一个安全的住处，这里完全属于他，使他免受生活中突然发生的不快事件的打扰，任何人都不能把他从这里赶走。当他头一次迈进 24 号房间的时候，立刻就意识到：这就是你寻找已久的地方，你将留在这里（当时他的心境就像人们常说的那种一见钟情的男人，他们像遭到雷击似的恍然大悟：一个迄今未曾见过的女人就是他的终身伴侣，他将占有她，与她白头偕老）。

约纳丹·诺埃尔租这间房子的租金是每月五千旧法郎。早晨，他从这里去邻近的塞夫尔大街上班，傍晚，带着面包、香肠、苹果、奶酪回到这里。他在这里吃饭，睡觉，感到很幸福。星期日，他从不离开这间屋子，而是打扫卫生，在床上铺上干净的床单。他就这样平静、知足地生活着，日复一日，年复一年，一晃就是几十年。

在这段时间里，外界发生了一些变化，比如：房租的数额，房客的种类。五十年代，这里住的大都是些女用人，还有几对年轻夫妇和几个退休老人；后来进进出出的变成了西班牙人、葡萄牙人、北非国家的人；六十年代末，主要的房客是大学生；后来，二十四个房间就再也没有住满过了，许多房间空着或者被住在下面几层的房东用来堆放杂物，或者成为他们偶尔用来招待客人的住房。约纳丹的24号房间在这些年间变成了一个相对来说舒适的住处。他买了一张新床，装修了一个壁橱，七点五平米的地板铺上了灰色的地毯，烹饪和盥洗的角落也糊上了漂亮的红色漆纸。他现在有一架收音机、一台电视机和一只电熨斗。食品再也不用像从前那样装在小口袋里挂到窗外，而是存放在一台放在洗脸池下面的小巧玲珑的冰箱里，现在即使是在炎热的夏天，黄油也不会融化，火腿也不会干得发硬。他的床头装了一个书架，里面至少排列着十七本书：一套三卷本的袖珍医学词典，几本反映克罗马努人[1]、青铜器时代的铸造技术、古代埃及、伊特拉斯坎人以及法国大革命的精美画册，一本驾驶帆船的书，一本介绍国旗的书，一本关于热带动物的书，两本大仲马的小说，一本圣西门的回忆录，一本介绍制作简单食物的菜谱，一本《小拉鲁斯词典》以及《守卫和警察在特殊情况下使用公务手枪的若干规定》。在床底下存放着十几瓶红葡萄酒，其中有一瓶"白马城堡"牌高级红葡萄酒，这是他为1998年他退休的那一天预备的。约纳丹对几盏电灯的位置做

1 克罗马努人，旧石器时期晚期的人种，因其化石在1868年首先发现于法国西南部克罗马努山洞而得名。

了周密的考虑，现在，他坐在房间里三个不同的位置——床的脚端、床头、小桌子旁边——看报，既不会晃眼睛，报纸上也不会出现阴影。

由于添置了这么多东西，这间屋子自然变得更小了，它就像一只吐出过多珠母的珍珠贝不断地在向内部增长。各式各样精心布置的内部陈设使得这间斗室与其说像一间简陋的chambre de bonne，倒不如说更像船舱或者豪华的列车包厢。但是，它的本质特征经过了三十年仍然保持了下来：这里过去是现在仍然是约纳丹在这个动荡不安的世界上的安全岛，这里是他牢靠的支撑点，是他的庇护所，是他的情人，对，是他的情人，因为每当他傍晚回来，这间斗室总是温柔地拥抱他，给他温暖和保护，在肉体和精神上滋养着他，每当他需要它时，它总是在他的左右，它从未离开过他。实际上，它是他生活中唯一被证实是可以信赖的东西。因此，他从来也不曾想过要同它分开，即使是在现在——他已经五十多岁了，爬这么多级楼梯常常使他感到有些吃力，他的薪水也完全允许他租住一套拥有厨房、厕所和浴室的真正公寓——他也绝无这种想法。他始终忠于他的情人，甚至想要把它同自己，把自己同它更紧密地连在一起。为了使他们之间的关系永远牢不可破，他想把它买下来。他已经和房东拉萨尔夫人签订了合同。这间房间价值五万五千新法郎。他迄今已经支付了四万七千法郎，剩下的八千法郎将在年底付清。然后，它就永远归他所有了，在死神将他们分开之前，世界上没有任何东西还能把他们——约纳丹和他喜欢的房间彼此分开。

这就是1984年8月一个星期五的早晨，鸽子的事发生之前的情况。

约纳丹刚刚起床，穿上拖鞋和浴衣，准备像每天早晨那样在刮脸之前先去趟公共厕所。在开门之前，他先把耳朵贴在门板上听听过道里是否有人。他不愿意碰上邻居，更不愿意大清早穿着睡衣或浴衣碰上他们，而他最不愿意的是在上厕所的途中。发现厕所里有人，已经让他够不舒服的了，而在厕所门前与另一个房客相遇，简直让他感到难堪之极。这种情况仅仅发生过一次，那还是在二十五年前，即 1959 年的夏天。每当他回想起这件事，都不禁感到毛骨悚然；两人看见对方时，同时都感到惊慌失措，这件本来绝对保密的事一下子失去了保密性，两个人同时后退，请对方先用，同时说出谦让的话：请您先用？噢，不，还是您先用吧，先生，我不着急，不，您先用，就这样吧……这一切都是穿着睡衣睡裤进行的？不，他绝不愿意再遇上这种事。他也没有再遇上这种事，这都是多亏了他预先仔细倾听动静的结果。他一边听，一边从门缝里朝过道张望，他熟悉这层楼里的各种声音，能够分辨出每一声嘎吱、咔嚓、噼啪、沙沙声发自何处，甚至对寂静也能作出解释。现在，他只把耳朵贴在门上听了几秒钟，就完全确定：过道里没有任何人，厕所空着，大家都还在睡觉。他用左手拧开保险锁，右手拧开弹簧锁，锁舌退了回去。他轻轻地一拉，门就开了。

他几乎已经把脚迈过了门槛。然而，就在他抬起左脚，大腿已经准备迈步的一刹那，他看见了那只鸽子。它卧在他的门前，距离门槛大约二十厘米，身上披着从窗户射进来的晨曦，两只红色的脚爪撑在血红色的瓷砖地面上，铅灰色的羽毛整洁光滑。

它把头歪向一边，左眼瞅着约纳丹。这只眼睛看上去非常可怕，像一个小小的玻璃球，四周呈棕色，中间有个黑点，它就像一只缝在鸽子脑袋上面的纽扣，既没有睫毛，也没有眉毛，不加掩饰地、毫不害羞地朝外凸出，目光显得极为坦诚。但是，在这只眼睛里同时也隐隐约约闪现出一丝狡黠的目光。其实，它的目光似乎既非坦诚，亦非狡黠，而是显得毫无生气，就像照相机的镜头，吞进外界所有的光线，却一点也不露出自己内部的东西。这只眼睛里没有一点光泽，没有一线闪光，没有一丝生命的火花。这是一只视若无睹的眼睛，它注视着约纳丹。

他当时害怕得要命——事后，他也许会这样来描述当时的情形。但是，这并不恰如其分，因为，害怕还是后来的事，他当时首先是惊讶得要命。

他的脚像是冻僵了似的在门槛上停住了，手依然握着门把手，脚已经抬起准备向前迈步，他既不能向前，也不能后退，就这样持续了也许五秒，也许十秒，他自己觉得就好像是永生永世。这时，鸽子轻轻地动了一下，要么是把重心从一只脚爪移到另一只，要么就是把羽毛竖了起来，不管怎么说，它全身上下有一阵颤抖，与此同时，它的两片眼皮合了起来，一片从下面，一片从上面，其实这不是真正的眼皮，而是某种类似橡皮的活盖，它们像两片从虚无中出现的嘴唇把眼睛吞了进去。这只眼睛消失了一会儿。这时，恐惧才攫住了约纳丹，他吓得毛发直竖。在鸽子重新睁开这只眼睛之前，他赶紧向后一跃，退回屋里，关上了门。他拧上保险锁，晃晃悠悠地向床边走了三步，浑身哆嗦着坐下，心脏怦怦直跳，额头冰凉冰凉，他感到脖子和脊柱周围都冒出了冷汗。

他的第一个想法是：他现在就要心肌梗塞，或者中风，或者心力衰竭。你现在正好到了得这些疾病的年龄，他想，自五十岁起，最小的诱因都足以引发这样一场灾祸。他侧身躺在床上，把被子拉上来盖住微微颤抖的肩膀，等待着痉挛状的疼痛，等待着胸口和肩膀周围的刺痛（他曾在那本袖珍医学百科词典里面读到，这些都是心肌梗塞的明显症状），等待着知觉慢慢地消失。然而，这一切并没有发生。心跳渐渐趋于平缓，血液重新均匀地流入大脑和四肢，中风所特有的麻痹现象并未出现。约纳丹活动了一下脚趾和手指，脸上做出一副怪相，这表明他的身体器官和神经系统都还正常。

这时，他的脑海里面翻腾着许多混乱的、不协调的、可怕的想法，它们就像一群乌鸦似的在他的大脑里尖声地呼喊，扑打着翅膀，呱呱地乱叫：“你就要完蛋了？你老了，已经筋疲力尽了。一只鸽子就足以把你吓得半死，一只鸽子就把你赶回屋里，使你浑身瘫软，束手就擒。你就要死了，约纳丹，你就快要死了，即使不是马上就死，也只能再过片刻。你的生活是虚假的，你把它搞得一塌糊涂，因为，一只鸽子就使它大为震动。你必须杀死这只鸽子，但是，你不可能杀死它，你不可能杀死一只苍蝇，不，一只苍蝇还是可以的，你能够杀死一只苍蝇或者一只蚊子或者一只小甲虫，可是，你绝不可能杀死任何温血动物，绝不可能杀死像鸽子这样的体重一磅左右的温血动物。你宁可杀死一个人。砰砰？这种事快得很，只留下一个八毫米的小孔，一切干净利落，这也是被允许的，佩带武器的守卫人员工作条例第一款规定，出于正当自卫可以这么做，甚至必须这么做。假如你开枪打死一个人，任何人也不会指责你的。但是，假如打死的是一只鸽子，恐怕就完全不同了。人们怎么能枪杀一只鸽子呢？鸽子扑打着翅膀，人们是不容易击中它的。向鸽子开枪是一种粗野的不法行为，是被严格禁止的。如果枪杀鸽子，你会被没收武器，丢掉职位，还得去蹲监狱。不行，你不能杀死它，但是，你也不能和它一块生活，这是绝对不行的，人不能生活在一间鸽子住的屋子里，鸽子是混乱和无政府状态的集中体现，一只鸽子可以制造无数的喧嚣，它会用爪子抓人，用嘴巴啄人的眼睛，它不停地弄脏环境，抖掉身上可怕的细菌和脑膜炎病毒，鸽子不会孤身独处，它会引来其他鸽子，它们交配、生育，迅速繁殖，一支鸽子大军很快就会把你包围，你就再也出不了房间，你会饿死，会因自己的粪便窒息，不得不从窗口跳出去，四肢骨折地躺在人行道上，这不行，你胆子太小。你将一直被困在屋里，你将大声呼救，你呼喊救火，这样人们便会搬来梯子，把你从一只鸽子跟前救走。从一只鸽子跟前！你将成为这幢大楼的笑柄，成为这个市区的笑柄，人们会用手指着你说：‘你瞧，那就是埃诺尔先生，就是他让人把自己从一只鸽子跟前救出来的！’人们会把你送进一家精神病诊所。噢，约纳丹，约纳丹，你的情况太不妙了，你已经没有希望了，约纳丹。”

诸如此类的想法在他的脑海里翻腾。约纳丹不知所措，完全绝望了，以至于做起自从童年时代以后再也没有做过的事来。他痛苦地将十指交叉，开始祈祷："主啊，主啊，你为何抛弃了我？你为何如此严厉地惩罚我？我们在天的主啊，请你把我从这只鸽子那里拯救出来吧，阿门！"正如我们所见，这不是一次正式的祈祷，而是根据宗教教育的残留记忆拼凑出来的一段胡言乱语。但是，尽管如此，祈祷还是帮了他的忙，因为祈祷要求他在一定程度上集中思想，并因此驱散了那些胡思乱想。有些别的东西对他的帮助还要大些，因为，当他刚刚祈祷完毕，就感到急不可耐地需要小解。他明白，如果在几秒钟之内不能成功地减轻负担，他就会弄脏自己正躺在上面的这张床，弄脏漂亮的充填羽毛的软垫，甚至还有漂亮的灰色地毯。他完全清醒过来了，哼哼唧唧地站了起来，绝望地朝门口扫了一眼……不行，他不能从这扇门出去，即使那只该死的鸽子现在已经飞走了，他也是憋不到厕所的……他走到洗脸池跟前，扯开浴衣，拉下睡裤，拧开水龙头，朝着洗脸池尿了起来。

他过去从未干过这种事情。朝一个漂亮的、白色的、擦得发亮的、用于保持身体清洁和涮洗餐具的水池里面撒尿，就连想一想都是一种罪过。他绝不会相信，他会堕落到这种地步，他绝不相信，他竟然能够做出这种低级下流的事情。现在，当他看见小便毫无阻碍地尿出来，与自来水混为一体，汩汩地从排水口流下去，当他感到小腹的压力顿时减轻时，泪水从他的眼里流了出来，他感到非常羞愧。尿完之后，他让自来水继续冲了一会儿，又用清洁剂仔仔细细地擦了一遍洗脸池，以便消除刚才那种罪行留下的哪怕很小一点痕迹。“仅此一次，下不为例。”他低声自语，像是在向洗脸池，向这间屋子，向他自己赔礼道歉。“仅此一次，下不为例。这次是迫不得已的，今后一定不会再次出现……”

他的情绪渐渐稳定下来。擦洗水池，拿开洗洁剂瓶子，拧干抹布——这些经常重复的、使他感到安慰的动作——让他重新面对现实。他看了一眼手表：七点一刻。通常，他在七点一刻已经刮完胡子，开始整理床铺。不过，耽误的时间不太多，还有可能补回来，必要的话，他可以不吃早餐，假如放弃早餐——他在计算时间——他甚至要比平时提前了七分钟。重要的是，他最迟必须在八点零五分离开这间屋子，因为八点一刻他必须到达银行。虽然他还不知道应该怎么办，他毕竟还有三刻钟的时间。这不算少啦。如果他刚才已经正视过死亡，几乎经受了一场心肌梗塞，那么三刻钟真是很长一段时间了。如果不必再忍受充满的膀胱的胀痛，这段时间还要显得长上一倍。因此，他决定暂时装出好像什么事也没发生过的样子，按部就班地完成每天早晨的事务。他在洗脸池里放上热水，开始刮脸。

他一边刮脸，一边思考。“约纳丹·诺埃尔，”他暗暗对自己说，“你曾经在印度支那当过两年兵，在那里经历过几次困难的处境。如果拿出你全部的勇气和机智，如果配上相应的装备，如果你走运的话，你应该能够走出这间屋子。如果成功了，又会怎么样呢？如果你真的从门外的那只令人讨厌的动物身边经过，毫毛未损地来到楼梯间，进入安全地带，那又怎么样呢？你可以去上班，你也可以平平安安地度过整个白天，可是，以后你该怎么办呢？今天晚上到哪里去呢？在哪里过夜呢？”他绝不愿意第二次遇上这只刚刚摆脱的鸽子，他在任何情况下也不能够同这只鸽子在一间屋子里生活，哪怕是一天、一夜、一个钟头，他的这个信念是不可动摇的。因此，他必须做好在某个膳宿公寓住上一夜也许几夜的准备。这就意味着，他现在必须随身带走刮脸用具、牙刷和替换的内衣，此外，他必须带上支票簿，为了保险起见还有储蓄存折。他的汇划账户上有一千二百法郎，这笔钱够用两个星期，前提是他得找到一个价格便宜的旅店。假如那只鸽子继续封锁着他的房间，那就只好动用存款了，他的储蓄账户上有六千法郎，这可是一大笔款项啊，足够他在旅店里住上个把月。另外，他还有薪水，每月净挣三千七百法郎。但是，年底他还得付给拉萨尔夫人八千法郎，这是为这间房子分期支付的最后一笔款项。为他的房间！为这间他也许根本不可能再住下去的房间！他该怎样向拉萨尔夫人解释，请求她同意暂缓支付最后一笔款项呢？他当然不能对她说："夫人，我不能付给您最后这笔八千法郎的款项，因为几个月以来，我一直是住旅店的，我想从您这儿买下的房间被一只鸽子封锁住了。"他毕竟不能这么说嘛……这时，他猛然想起他还有五枚金币，这五枚拿破仑金币个个都要值六百法郎，这是他在 1958 年阿尔及利亚战争时期因为担心通货膨胀买下的。他可不能忘了带上这五枚拿破仑金币……另外，他还有母亲留下的一只细细的金手镯。他还应该带上他的晶体管收音机和一只镀银的高级圆珠笔——这是银行全体职员在去年圣诞节得到的礼物。如果把这些值钱的东西全部变卖，尽量节省开支，他就能在旅店住到年底，并且可以付给拉萨尔太太那八千法郎。从明年一月一日起，情况就会有所好转，因为到那时他就是这间屋子的所有者，不需要再筹措租金。那只鸽子也许活不过今年冬天。鸽子的寿命有多长？两年？三年？十年？如果这是一只老鸽子呢？它也许会在一个星期之后死去吗？也许今天就会死去。也许它仅仅是为了死才来到这里的……

他刮完脸，放掉洗脸池里的脏水，放水冲了冲，然后又放满水，洗上身和脚，等到刷完牙，把池子里的水放掉后，他用抹布把水池擦干净，然后开始铺床。

在衣橱下面有一个旧纸板箱，里面装的是他的脏衣服，每月他将这些脏衣服送到洗衣店去洗一次。他把纸板箱拖出来，倒出脏衣服，然后将箱子搁在床上。1942 年，他从夏朗德到卡瓦龙就是用的这个纸板箱，

1954 年来巴黎的时候也是用的它。现在，他望着床上的这个旧纸板箱，像准备出门旅行那样开始往里面装东西——不是脏衣服，而是干净衣服，还有一双低帮皮鞋、洗漱用具、电熨斗、支票簿和金银首饰。他的眼里又一次热泪盈眶，但是，这一次不是出于羞愧，而是由于暗暗的绝望。他感到他的生活就像倒退了三十年，他似乎失去了一生中的三十年。

等他把箱子装好，正好是八点差一刻。他开始穿衣服，先是日常服装：灰色长裤、蓝色衬衫、皮外套、带枪套的皮带、灰色制服帽，然后再穿上准备对付那只鸽子的衣装。他只要一想到可能会与鸽子发生身体上的接触就感到恶心。鸽子可能会啄他的踝关节，或者呼扇着翅膀，拍打他的手或脖子，甚至还可能伸出它那一双扇形的爪子落在他的身上。因此，他没有穿那双轻便的低帮鞋，而是穿了一双带有羔羊毛皮鞋垫的结实的高靿皮靴。通常，他只是在一月或二月才穿这双皮靴。他穿上冬季大衣，从上到下扣得严严实实，脖子上又裹上一条羊毛围巾，就连下巴颏也捂了起来，他用来保护双手的是一双有衬里的皮手套。他的右手握着一把雨伞。八点差七分，他已经装备完毕，准备冲出他的房间。

他摘下制服帽，把耳朵贴在门上。没有任何动静。他重又戴上帽子，把它紧压在额头上，然后提起箱子，将它搁在门边。他把雨伞挂在手腕上，腾出右手握住门把手，用左手拧开保险锁，抽回锁舌，将门拉开一道缝，然后朝外张望。

鸽子已经不在门口，在它蹲过的地方留下了一团绿宝石色的、约莫五法郎硬币大小的鸽屎和一根白色的细绒毛，从门缝刮出去的穿堂风把绒毛吹得轻轻颤动。约纳丹恶心地浑身战栗，他真想立刻就把门关上。他本能地想往后退，退回安全的房间，离开外面那个可怕的东西。但是，他又看见那儿不是只有一团鸽屎，而是有许多团鸽屎。在他目光所及的这段过道的地面上有许多这种绿宝石色的、湿润闪光的鸽屎。这时出现了一种奇怪的现象，这么多令人讨厌的东西并没有增加约纳丹的反感，却相反加强了他的反抗决心：在一团鸽屎和一根绒毛面前，他也许会后退，也许会永远把门关上；但是，鸽子把整个过道都弄脏了这件令人讨厌的、不寻常的、极其卑鄙的事情却调动起他所有的勇气。他把门完全拉开了。

这时，他看见了那只鸽子，它蹲在右侧离门约莫一米五左右的地方，蜷缩在过道尽头的一个角落里。

那儿的光线很弱，约纳丹匆匆朝它那边望了一眼，看不清它是在睡觉还是醒着，看不清它是睁着眼睛还是闭着眼睛。他也不想知道这些，甚至根本不愿意看见它。他在那本介绍热带动物的书里曾经读到，某些动物，尤其是猩猩，如果人们盯着它看，它就会向人们进攻，如果人们不理睬它，它也不会打搅人们。也许这也适合于鸽子。不管怎样，约纳丹决定装出好像鸽子并不存在的样子，至少不再去看它。

他慢慢地将箱子移到过道里，小心翼翼地绕过那些绿色的鸽屎，撑开雨伞，用左手握着，像盾牌似的挡住胸部和面部，然后跨入过道，眼睛注意着地面的鸽屎，拉上身后的房门。尽管他竭力装出若无其事的样子，可心里毕竟还是惴惴不安，他的心怦怦直跳，仿佛要从喉咙里跳出来。他手上戴着手套，没能立刻把钥匙从口袋里掏出来。他紧张得浑身哆嗦，以至于雨伞差一点滑落到地上。他用右手抓住雨伞，想用肩膀和面颊把它夹住，结果钥匙也掉在了地上，差不多正好掉在一团鸽屎的中央。他只得弯下身子，把它拾了起来，他终于把钥匙牢牢地握在手里，由于激动的缘故，在连续三次插歪之后，才把钥匙插进了锁眼，然后转动了两圈。这时他似乎觉得自己听见身后有一阵呼啦啦的声音……也许是他的雨伞碰到了墙？……但是，他又一次听见了这种声音，这回很清晰，这是鸽子的翅膀发出的一阵短促的呼扇，他感到惊慌失措。他从锁眼里抽出钥匙，提起箱子，夺路而逃。撑开的雨伞刮掉了一道墙皮，箱子把其他房间的门撞得咚咚直响，开着的那扇窗户的两扇窗页伸到了过道的中央，挡住了他的去路，他只好侧着身子绕过去，把雨伞移到身后，因为动作又猛又笨，雨伞上被划出了几道口子，他没有介意。他对一切都无所谓，只想离开这里，离开这里，离开这里。

他到了楼梯口才停下脚步，合上碍手碍脚的雨伞，然后朝身后望了一眼：明亮的晨光从窗户照射进来，在昏暗的过道里投下了一道轮廓分明的光柱。他的视线几乎穿不透这道光柱。约纳丹眯缝着眼睛，使劲地看，他这才看清，那只鸽子正从过道尽头阴暗的角落里走出来，摇摇晃晃地朝前急走了几步，然后重新蹲下，正好蹲在他的房间门前。

他惊恐地转过身，急匆匆地冲下楼梯。此时此刻，他已经完全肯定，他再也不能回来了。

他顺着一级级楼梯向下走，心情渐渐平静下来。到了三楼的楼梯口，他突然感到奇热无比。这时他才猛然意识到自己一直还穿着冬大衣，围着围巾，穿着皮靴。从房东的厨房通向后楼梯的门里随时都可能有人出来，比如，出门采购物品的女用人，把空酒瓶子放到门外的里戈先生，也许还会有不知为何缘故出门的拉萨尔夫人。拉萨尔夫人起得很早，这会儿肯定已经起来了，整个楼梯间都可以闻到她的咖啡扑鼻而来的香味。拉萨尔夫人此刻也许会打开厨房的后门，那么，站在楼梯口的约纳丹就会面对着她，在八月明亮的阳光下，穿着稀奇古怪的冬装……对这种尴尬的事情，人们不可能不理不睬，他得作出解释，但是，该怎么解释呢？他必须编造一个谎话。编什么呢？对于他眼前的这副模样，找不出任何令人信服的解释。大家准会以为他是精神失常，或者他真是精神失常。

他放下箱子，先取出低帮皮鞋，然后迅速脱掉手套、大衣、围巾和皮靴。他穿上低帮皮鞋，将围巾、手套、皮靴装进箱子，把大衣搭在胳膊上。这会儿他觉得自己在任何人面前都可以理直气壮了。如果遇上熟人，他完全可以说正准备把衣服送到水洗店，把冬大衣送到干洗店去。他显然松了一口气，继续下楼。

在后院里，他碰到了看门女人。她正用一辆小推车将空垃圾桶从大街上运回院子里。约纳丹觉得自己像是被人当场抓住似的，脚步立刻停了下来。他不可能再退回阴暗的楼梯间，因为她已经看见他了。他只得继续朝前走。当他故意迈着有力的步子从她身边走过时，她说道："早上好，诺埃尔先生。"

"早上好，罗卡尔夫人。"他的声音含糊不清。他们俩从未说过更多的话。自从她十年前来这幢房子看门以来，他除了对她说过"早上好，夫人"，"晚上好，夫人”以及当她交给他邮件时说声“谢谢，夫人”之外，没有说过任何话。这并不是说，他对她有何反感，她并不是一个令人讨厌的人，她与前任看门女人以及前任的前任相比没有什么不同。她的年龄与所有看门女人一样叫人难以捉摸，大约在五十至七十岁之间；她也和所有看门女人一样总是在过道里拖拖沓沓地走路。她的腰身很粗、肤色白净，身上散发着一股霉味。如果她不是在运出或运进垃圾桶，不是在擦洗楼梯，不是急匆匆地采购东西，那么她就准是坐在位于大街和院子之间的通道里的门房里，在霓虹灯下，开着电视机，或者做针线活儿，或者熨衣服，或者做饭。她像所有看门女人一样爱喝廉价的红葡萄酒和苦艾酒。不，他对她本人真的没有任何反感。他只是不喜欢看门人，因为他们都是一些出于职业需要总在观察别人的人。要想从罗卡尔夫人眼前经过而不让她发现是绝对不可能的事，纵然你动作神速，转瞬即逝。即使她坐在房间里的椅子上睡着了——这种情况通常发生在中午和晚饭之后，大门发出的轻微嘎吱声也足以使她醒上几秒钟，看看进出的人。在这个世界上，没有任何人像罗卡尔夫人这样经常地、这样仔细地注意约纳丹。他没有朋友。他几乎可以说是银行的一种摆设。顾客仅仅把他视为一种点缀，而不是一个活人。在超级市场，在大街上，在公共汽车里（他还是在什么时候乘过公共汽车啊？），人们都保全了他的这种匿名性。唯独罗卡尔夫人认识他，而且每天都认出他来，她每天至少要注意看他两次。她可以了解到他的一些私人生活，比如，穿什么衣服，每周换几次衬衫，是否洗过头发，晚餐带回来的是什么东西，有没有信件，这些信件是谁寄来的，等等。此时此刻，尽管约纳丹——正如他心里所想的那样——真的对罗卡尔夫人本人并没有任何反感，尽管他也知道，她的那种不得体的目光绝非出于好奇心，而是出于职业性的义务感，但是他仍然感到她的目光始终像是对他提出的一种无声的诘问。即使是经过了这么些年，他每一次从罗卡尔夫人旁边经过，心里总要涌起一层短暂的、极其恼怒的波澜：见鬼，她为什么又注意我？我为什么又要受到她的审视？她为什么就不能不注意我，让我保持自己的完整性？有些人为什么总是这样令人讨厌？

由于刚才发生的事情，他今天特别敏感。他以为，自己提着箱子、挎着冬大衣的样子一定很引人注目，因此，罗卡尔夫人的目光使他感到格外难堪。他觉得，她对他说“早上好，诺埃尔先生！”纯粹是在嘲弄他。

那层恼怒的波澜迄今为止一直被他压在心里，这一回却突然决堤而出，变成公开的愤怒。他做了一件从未做过的事：他从罗卡尔夫人身边走过，停住脚步，放下箱子，把大衣搁在箱子上面，然后转过身去。他转身走回去，决定对她那种纠缠不休的目光和客套予以回击。当他朝她走去时，他并不知道自己将要做些什么或者说些什么。他只知道，他要行动，他要说话。恼怒的浪涛汹涌澎湃，裹挟着他朝她涌去。他的愤怒无边无际。

她已经把垃圾桶从小推车上卸了下来，正准备回到自己的那间小屋。这时，他挡住了她的去路，差不多就在院子的中央。他俩面对面地站着，相距大约半米。他还从未从这么近的地方看过她这张白白净净的面孔。他觉得，这张小脸儿的皮肤又细又嫩，就像用过的发脆了的丝绸。她的那双褐色的眼睛里——如果从近处观察——并没有射出咄咄逼人、令人讨厌的目光，而是流露着某种温柔的神情和少女似的羞涩。然而，约纳丹并没有被眼前的情形迷惑，因为这一切当然与他心里对罗卡尔夫人的看法不相吻合。为了给他的出场留下一个正式的标记，他把手举到帽檐，行了一个礼，然后尖声尖气地说道："夫人！我有话要跟您说。"（此时此刻他仍然不知道究竟要说些什么）

"什么事，诺埃尔先生？"罗卡尔夫人轻轻移动了一下身体，把头朝后一仰。

她看上去就像一只鸟，约纳丹心想，就像一只胆小怕事的小鸟。他又用尖锐的声音重复了一遍刚才的话："夫人，我有话要跟您说……"他自己也惊讶地听见，内心深处仍在增长的怒气不知不觉地变成了这么一句话：“在我的房间门前有一只鸟，夫人。”他接着又做了具体说明：“是一只鸽子，夫人。它就蹲在我的房间门前的地上。”他说到这儿才总算克制住像是下意识地说出来的话，通过解释性的补充说明，把话题引向了一个确定的方向：“夫人，这只鸽子已经把七楼的过道弄得到处都是粪便。”

罗卡尔夫人将身体重心从一只脚移到另一只脚，脑袋又朝后仰了一点儿，问道：“这只鸽子是从哪儿来的，先生？”

“我也不知道，”约纳丹说，“也许是从过道的窗户飞进来的。那扇窗户一直开着。它本来应该是关上的，住房守则是这么写着的。”

“也许是某个大学生把它打开的，”罗卡尔夫人说道，“因为天气太热。”

“这也有可能，”约纳丹说，“但是，尽管如此，它还是应该关上，夏天更是这样。如果有暴风雨，窗户会被刮坏，玻璃也会打碎。1962 年夏天就曾经发生过这种事。当时配新玻璃花了一百五十法郎。打那以后，住房守则里就规定，那扇窗户必须始终关着。”

他大概察觉到继续援引住房守则显得有些滑稽可笑。对于鸽子究竟是怎么进来的，就连他自己也毫无兴趣。他不想对这只鸽子再作更详细的叙述，这个可怕的问题仅仅与他本人有关。他原想发泄一下对罗卡尔夫人那种纠缠不休的目光的怒气，除此之外，别无他求。他说完头几句话，就已经达到了目的。现在怒气已经平息了下来，他也不知道下面该说些什么了。

“人们必须立即把那只鸽子赶走，把窗户关上。”罗卡尔夫人说。她说话的神情好像这是世界上再简单不过的事情，仿佛一旦赶走了鸽子，一切又都会恢复正常。约纳丹没有吭声，他的目光紧紧地盯着她那双褐色的眼睛，就像快要沉入一汪温和的、褐色的水潭。为了把自己解脱出来，他只得把眼睛闭了一秒钟，他清了清嗓子，以便恢复自己的声音。

“到处都是……”他又清了清嗓子，“到处都是鸽屎，到处都是绿色的鸽屎，还有羽毛，它把整个过道都弄脏了。这才是主要问题。”

“这当然，先生。”罗卡尔夫人说，“过道必须打扫干净。但是，人们首先必须把那只鸽子赶走。”

“是的，”约纳丹连声应道，“是的，是的……”他想：她是什么意思？她想说什么？她为什么说人们必须把那只鸽子赶走？她的意思也许就是说我应该把那只鸽子赶走？他真希望自己先前没有鼓起跟罗卡尔夫人说话的勇气。

“是的，是的，”他断断续续地说道，“人们……人们必须把它赶走。我……我本来早就把它赶走了，但是，我没有成功。我有急事。您瞧我随身带的这些衣服和冬大衣，我今天必须先把大衣送到干洗店，把其他衣服送到水洗店，然后再去上班。我的时间很紧，夫人，因此我没能把那只鸽子赶出去。我向您报告这件事，主要是因为那些鸽屎。鸽屎弄脏了过道是问题的关键，这违反了住房守则。住房守则中规定，过道、楼梯和厕所必须保持清洁。”

他想不起来在他的一生中是否讲过一番如此别扭的话。他觉得，这些谎言简直再明显不过了，它们竭力想掩饰的唯一的真情恰恰被令人极为难堪地揭露了出来：他绝对不可能把那只鸽子赶走，恰恰相反，倒是那只鸽子把他赶了出来。即使罗卡尔夫人从他的话里没有听出这一真情，她这会儿也一定能从他的脸上看出来，因为他感到自己浑身发热，血液全部涌到了头上，他的脸颊因为羞愧变得通红。

然而，罗卡尔夫人却装出什么也没有察觉的样子（也许她真的什么也没察觉？）说道：“谢谢您的提醒，先生。我会找机会关心一下这件事的。”说完她垂下头，绕着约纳丹走了一个弧形，然后踢踢踏踏地朝门房旁边的小厕所走去，很快就闪了进去。

约纳丹望着她的背影。如果说他起先还对会有人把他从鸽子那里解救出来抱有希望的话，那么现在当他毫无希望地看着罗卡尔夫人消失在小厕所里时，这线希望就烟消云散了。“她不会去关心任何事，”他心想，“绝对不会。她为何要去关心呢？她只不过是个看门的，职责仅仅是打扫楼梯和过道，每周冲洗一次公共厕所，而不是去赶走一只鸽子。即使她不会现在，此时此刻就忘掉这件事，那么最迟到今天下午，当她又灌满了苦艾酒，也准会把它忘得一干二净的……”

约纳丹在八点一刻准时到达银行，比银行副总裁维尔曼先生和主任出纳员罗克夫人早到五分钟。他们共同打开大门上的锁：约纳丹打开外面的保险栅栏，罗克夫人打开外层防弹玻璃门，维尔曼先生打开内层防弹玻璃门。然后，约纳丹和维尔曼先生用各自的插片钥匙解除报警系统，约纳丹和罗克夫人打开通往地下室的加有两道锁的防火门，罗克夫人和维尔曼先生走进地下室，用相互配对的钥匙打开保险库。这时约纳丹已经把箱子、雨伞、冬大衣锁进卫生间旁边的衣帽柜，站在内层防弹玻璃门旁边，用手按动两个电钮，让陆续到来的银行职员进来。这两个电钮一个控制外层防弹玻璃门，另一个控制内层的，使得两扇电动伸缩门交替开启。八点三刻，全体职员悉数到齐，每个人都在窗口后面、出纳台、办公台的工作岗位各就各位。约纳丹走出银行大厅，来到大门外面的大理石台阶上站岗，开始了他的真正的工作。

三十年来，约纳丹的工作仅仅就是每天上午九点至下午一点，下午两点三十分至五点三十分站在大门前面而已，充其量在三级台阶的最下面一级上迈着稳健的步子走来走去。大约在上午九点三十分和下午四点三十分至五点之间，他的工作各有一次短暂的中断，这是由于银行总裁罗德尔先生的那辆黑色豪华轿车驶入或者驶出。他必须离开大理石台阶，沿着银行大楼朝后院的大门急走十二米，拉开沉重的铁栅栏，把手举到帽檐，毕恭毕敬地敬礼，让豪华轿车通过。每天上午或者傍晚，当“布林克贵重物品运输服务公司”的那辆蓝色防弹运货卡车驶入或者驶出时，他也要完成类似的工作。他必须为它打开铁栅栏，车里的人也会得到一个敬礼，当然不是毕恭毕敬的、把手伸直贴在帽檐的敬礼，而是匆匆将食指碰一下帽檐的、同事之间的敬礼。除此之外，约纳丹没有任何事情。他站在这里，呆呆地出神，静静地等待。有时盯着自己的脚，有时望着人行道，有时凝视着大街对面的一家咖啡馆。间或他也在最下面一级台阶上踱步，向左走七步，再向右走七步；有时也离开最下面一级台阶，站到第二级台阶上；有时，当阳光强烈、天气热得汗水顺着帽带往下直淌的时候，他就站到第三级台阶上，大门上方的屋檐正好可以为这一级台阶遮阳。他摘下帽子，用衣袖擦擦满是汗水的前额，然后就站在那里发愣，静静地等待。

他曾经做过一次计算，到退休为止，他将在这三级大理石台阶上站七万五千个小时，等到那时，他肯定会是全巴黎、也许全法国，在同一个地方站的时间最长的人。或许他现在就已经是在同一个地方站得时间最长的人，因为他已经在这几级大理石台阶上度过了五万五千个小时。在这座城市，被算作正式雇员的守卫人员为数极少。绝大多数银行都是同所谓的资产保卫公司签订合同，由它派人在门前守卫。这些年轻的家伙两腿叉开，板着面孔，目光呆滞，通常在几个月之后，也有几个星期的，就由另外一些同样是板着面孔、目光呆滞的家伙接替。据说这是由于劳动心理学方面的原因：如果一名守卫在一个地方工作的时间太长，他的注意力就会减弱，他对周围发生的事情的感觉就会迟钝，他自己也会变得懒散、马虎，因此就不能胜任他的工作……

这纯属无稽之谈！约纳丹对此有着更深的了解：守卫人员的注意力在几个小时之后就已经减弱。他从第一天起就根本不是有意识地观察自己周围的人，更别说去观察成百上千进出银行的人。这也完全没有必要，因为人们反正也不可能看出抢银行的人与银行顾客之间的差别。即使守卫人员能够看出这种差别，迎面冲向抢银行的家伙，他也会在打开枪套保险扣之前就被强盗击毙，因为抢银行的人在突然性方面具有守卫人员不可比拟的优势。

守卫就像是一尊斯芬克斯，约纳丹这么认为（因为他曾经在他的一本书里读到过斯芬克斯）。守卫就像是一尊斯芬克斯，他不是通过某种行动，而只是以身体的出场发生作用，他以自己的身体来抵挡潜在的强盗，仅此而已。“你必须从我身边经过，”斯芬克斯对盗墓者说，“我无法阻止你，但是你必须从我身边经过。如果你胆敢盗墓，众神和法老亡灵的复仇将会落到你的头上！”守卫说：“你必须从我身边经过，我无法阻止你，但是如果你胆敢这么做，你就必须开枪把我打死，那么法庭的复仇将会落到你的头上，你会因谋杀罪而被判刑！”

当然，约纳丹也清楚，斯芬克斯比守卫拥有更为有效的惩罚手段。守卫不可能用众神的复仇进行威胁，另外，遇上强盗根本不在乎任何惩罚的情况，斯芬克斯也没有任何危险。它是用玄武岩——纯粹的岩石雕成的，用青铜塑成的或者用坚硬的石头砌成的，它毫不费力地存在了五千年，经历了一次又一次盗墓……然而，守卫若是遇上抢银行的事，必然会在五秒钟之内丧生。尽管如此，约纳丹仍然认为，斯芬克斯和守卫彼此极为相似，因为他们的权力都不是借助器械，而是象征性的。正是因为意识到这种象征性的权力，约纳丹才当了三十年的守卫。这种象征性的权力形成了他全部的自豪和自尊，赋予他力量和耐心，给了他比注意力、武器、防弹玻璃更为有效的保护，直至今天，他始终毫无畏惧、毫无疑虑、毫无一丝不满情绪、毫无呆板冷漠的面部表情地站在银行前面的大理石台阶上。

然而，今天一切都完全变了样。今天，约纳丹无论如何也不能使自己保持斯芬克斯的那种平静心情。刚刚站了几分钟，他就感到身体的重量压得两个脚后跟十分疼痛，他不停地把重心从一只脚移到另一只脚，稍不留神脚下一滑，他赶紧朝一侧跨了几步，以免失去身体的平衡。迄今为止，他一直是像测量用的铅锤那样极为出色地保持着身体的平衡。突然，他感到大腿、两肋以及脖颈子下面奇痒无比。过了一会儿，额头也痒了起来，就好像在冬天因为干燥而皴裂了似的。然而现在天气很热，对于九点一刻来说简直热得有些过分，他的额头上净是汗水，平时只有快到十一点三十分才有这种情况……他的胳膊、胸口、脊背、小腿也开始发痒，浑身上下只要有皮肤的地方都痒了起来。他真想毫无顾忌地搔搔痒。但是，一名守卫公开地搔痒，在此时此刻是绝对不行的，他只好深深地吸了一口气，挺挺胸，弓弓背，耸耸肩，用这种方法使身体和衣服磨来蹭去，以减轻身上瘙痒的程度。这种异常的扭肢曲体反而使他的身体摇晃得更加厉害，向一侧迈出几小步很快就不足以保持身体的平衡。约纳丹迫不得已地违反他的习惯，在九点三十分左右罗德尔先生的轿车到来之前，放弃了他按章执行的立正姿势。改为来回巡视：向左边走七步，向右边走七步。与此同时，他企图把目光固定在第二级大理石台阶的边上，把它当成是一辆在安全轨道上来回运行的小车，通过他对大理石台阶单调、相同的印象产生他所盼望的斯芬克斯那种镇静自若的心情，从而使他忘记自己身体的重量、皮肤的瘙痒乃至所有身体和精神上的紊乱。但是这也无济于事，小车经常越出轨道。他每眨一下眼，目光就会离开该死的台阶，跳入眼帘的都是另外一样东西：人行道上一张破报纸，一只穿着蓝色短袜的脚，一个女人的脊背，一只装着面包的购物篮，外层防弹玻璃门的球形把手，对面那家咖啡店门上闪光的红色菱形烟草专卖标志，一辆自行车，一顶草帽，一张面孔……他从任何一个地方都无法汲取力量，从任何地方都无法找到一个向他提供支持和方位的新的固定点。没等他看清右边的那顶草帽，一辆公共汽车就把他的视线吸引到了左侧的大街。他的目光追随了几米之后又投向了一辆白色赛车，这辆赛车再次把他的视线引回右边的大街。这时，那顶草帽已经消失了，他的眼睛徒劳地在众多的行人中间和众多的帽子中间寻找，他的目光停在一朵别在另外一顶帽子上、随风摇曳的玫瑰上面，然后又从那里移开，重新回到台阶。他的眼睛仍然闲不下来，继续在四下扫视，不停地从一个圆点移到另一个圆点，从一块污斑移到另一块污斑，从一条纹路移到另一条纹路……今天，空气似乎都热得发出嗡嗡的颤声，就像是在最热的七月的下午。所有的物体都蒙上了一层透明的薄纱，在微微颤动。房子、屋顶、屋脊都被阳光勾勒出闪光耀眼、模糊不清的轮廓，犹如被镶上了一圈流苏。人行道的排水沟和细方石之间的缝隙闪着亮光，蜿蜒曲折地向前延伸，它们平时直得就像是用尺子画出来似的。女人们今天似乎都穿着耀眼的服装，像一团团燃烧的火苗轻盈飘过，吸引了约纳丹的目光，同时又不使它过久停留一处。没有任何东西是轮廓分明的，没有任何东西可以看得清清楚楚。一切都在不停地颤动。

这是眼睛的缘故，约纳丹心想，一夜之间我变得近视了，需要配上一副眼镜。他小的时候曾经戴过一副眼镜，度数不深，左眼和右眼的折光度均为0.75。这事儿真有些奇怪，现在上了年纪，近视的程度反倒加深了。他在书里读到过，人上了年纪，眼睛都是远视，本来近视的度数也会减少。也许他过去患的并不是典型的近视，而是某种根本不能借助于眼镜来矫正的毛病：白内障，青光眼，视网膜剥离，眼癌，压迫视觉神经的脑瘤……

他沉醉在这种可怕的思想之中，以至于没有及时听见一阵反复出现的短促的喇叭声。直到第四声或者第五声——司机现在已经把喇叭的声音拖长了——他才听见，急忙作出反应，把头抬了起来。罗德尔先生的那辆黑色豪华轿车已经停在栅栏前面了！司机又按了一次喇叭，看样子已经等了好几分钟。在栅栏前面！罗德尔先生的豪华轿车！他过去什么时候曾经没有注意到这辆车的到来？通常，他甚至不需要用眼睛看，他可以感觉到它的到来，可以听到它的发动机的嗡嗡声，他可以放心地打瞌睡，每当罗德尔先生的豪华轿车驶近时，他准会像狗一样立刻醒来。

他不是在走，而是扑上前去，匆忙之中差一点摔倒在地，他打开栅栏上的锁，拉开栅栏，举手敬礼，让轿车通过。他感到，心脏在急促地跳动，贴着帽檐的手在微微颤抖。

当他锁上栅栏，朝大门走去时，已经全身是汗了。“你没有注意到罗德尔先生的轿车，”他用微微颤抖的声音喃喃自语，像是无法理解这件事似的反复念叨着这句话，“你没有注意到罗德尔先生的轿车……你没有注意到它，你不顶用了，严重地玩忽职守，不仅眼睛不灵，而且耳朵也不灵，你衰老了，再也不适合当守卫了。”

他回到最下面一级大理石台阶跟前，吃力地登上台阶，试图重新摆出守卫的姿势，但是他立刻就发现怎么也不可能做到这一点。双肩无法保持水平，两臂贴着裤缝晃来晃去。他知道，自己此时此刻的样子一定非常可笑，却又无能为力。他绝望地默默望着人行道、大街和对面的咖啡馆。空气的颤动现象消失了。物体又都恢复了原样，线条又变得横竖分明，整个世界清清楚楚地展现在他的眼前。他听见车辆行驶的隆隆声、公共汽车气门的嗞嗞声，咖啡馆招待员的叫喊声，女人的高跟鞋的咯咯声。他的视觉能力和听觉能力丝毫也没有受到损伤。汗水顺着他的额头大滴大滴地滚落下来。他感到自己浑身软弱无力。他转过身子，登上第二级台阶，又登上第三级台阶，站在外层防弹玻璃门旁边的圆柱前面的阴影下。他的双手交叉放在背后，触到了圆柱。他慢慢地向后仰去，朝着自己的双手，朝着圆柱，在他三十年的职业生涯中，他第一次把身体靠在了圆柱上。他的眼睛闭上了几秒钟，心里感到非常惭愧。

午休时，他从衣帽柜里取出箱子、大衣、雨伞，来到附近的圣普拉西德街。这条街上有一家小旅店，房客主要是大学生和外籍工人。他要求租最便宜的房间，旅店给了他一间租金五十五法郎的，他连看都没看就租下了，预付了租金，把行李放在接待处。在售货亭，他买了两个蜗牛形葡萄干面包卷和一袋牛奶，朝对面的布西科公园走去。这座公园就在廉价商店的前面。他坐在树阴下的一条长凳上吃了起来。

离他约莫两条长凳的地方蹲着一个流浪汉，他的大腿中间夹着一瓶白葡萄酒，手里拿着半块法国白面包，旁边的长凳上放着一袋熏制沙丁鱼。他拎着鱼的尾巴，把沙丁鱼一条接一条地从袋里拿出来，咬下鱼头，吐掉，把剩下的部分整个塞进嘴里，接着咬一口面包，喝一大口酒，发出一声心满意足的哼哼。约纳丹认识这个人，冬天他总是坐在这家商店仓库门口暖气房上方的栅栏上，夏天则坐在塞夫尔街的时装店前面，或者外交使馆的大门附近，或者邮局旁边。与约纳丹一样，他也在这个市区生活了几十年。约纳丹记得，三十年前他第一次见到他时，心里曾涌起一股忿忿不平的羡慕之情，他羡慕此人无忧无虑的生活方式。约纳丹每天九点整开始工作，而这个流浪汉却常常到了十点或十一点才姗姗露面；约纳丹必须直挺挺地站着，而这个人却舒舒服服地坐在一块硬纸板上吸着烟；约纳丹日复一日，年复一年地冒着生命危险守卫着银行，辛辛苦苦地挣钱糊口，而这个家伙却除了指望别人的怜悯和施舍，往他的帽子里扔点现钱以外无所事事。他的情绪似乎从未不好过，即使帽子里空空如也，他也不发脾气。他也从未有过痛苦难受或担惊受怕或百无聊赖的表情，他身上始终散发着一种令人气愤的自信和自满的气息，表现出一种滋事寻衅的自由自在的神气。

后来，在七十年代中期的一个秋天，约纳丹有一次去杜邦街的邮局，在门口险些被一只葡萄酒瓶绊倒——酒瓶放在一块硬纸板上，在一个塑料袋和一顶非常熟悉的盛有几枚硬币的帽子中间——他不由自主地四下张望，寻找那个流浪汉。并非因为他觉得见不着这个人有些怅然若失，而是因为在这幅酒瓶、塑料袋和硬纸板的静物写生中尚缺少一个中心……他看见那人正蹲在街对面两辆停在那儿的汽车之间拉屎：他蹲在人行道旁的排水槽跟前，裤子脱到了膝部，光溜溜的屁股正对着约纳丹，来来往往的行人都能看见这个像面粉一样白的、上面有许多青色斑点和淡红色痂疤的屁股。它看上去就像一个卧床不起的老人害了褥疮的屁股——可是，这个人却不比约纳丹当时的岁数大，也许三十岁，顶多三十五岁。这时，从那人丑陋不堪的屁股里猛地喷出一大团褐色的像稀粥似的液体，铺石的路面上形成了一个小水洼，它像一池湖水把鞋子围了起来，溅起的水点弄脏了袜子、鞋带、大腿、裤子、上衣、一切……

这一幕情景悲凉凄惨，令人作呕，触目惊心，以至于约纳丹今天只要一想起来仍不寒而栗。当时，他惊愕得傻站了一会儿，然后才逃命似的奔进了邮局，交付电费，又买了几张邮票，尽管他根本就不需要邮票。他的意图仅仅是为了多呆上一会儿，以便在离开邮局时不再遇见正在拉屎的流浪汉。他走出邮局时，眯缝着双眼，目光低垂，迫使自己不看街对面。他紧紧盯着左边，顺着杜邦街走下去，一直朝左拐，尽管他根本就没什么事情要上那些地方去。只要不再经过那个放着酒瓶、硬纸板和帽子的地方，就是绕一大段路他也认了。他穿过谢尔施-米第街和拉斯帕伊大街，才回到了普朗士街，回到了自己的房间这个安全的藏身之处。

从那个时刻起，约纳丹心里的那种对流浪汉的羡慕感就荡然无存了。倘若在此之前他还时常怀疑自己的工作是否有意义，即站在银行的门前度过一生的三分之一，所做的事情不过就是拉开几次栅栏，在银行总裁的豪华轿车进出时敬礼，休假很少，薪水很低，而且绝大部分变成了税款、房租和社会保险，消失得无影无踪……他曾怀疑这一切是否有意义。现在，当他亲眼目睹了杜邦街那幕可怕的景象之后，答案就在眼前：是的，这种工作是有意义的，甚至很有意义，因为它可以使他不致落得在公开场合露出屁股，在大街上拉屎的地步。还有比当众光着屁股在大街上拉屎更悲惨的吗？还有比脱下裤子，蹲在地上，被迫在众目睽睽之下干这等令人难堪的事更孤立无援、更侮辱人格的吗？拉屎！仅这两个字眼就带有被折磨的意味。就像人们在无法抗拒的压力之下必须做的所有事情一样，为了使当事人能够承受得了，这件事同样绝对不许其他人在场……或者至少要做到似乎无人在场：寻找一片树林，假如当事人正好在乡间；寻找一片灌木丛，假如当事人正好在荒野；或者寻找一条垄沟，或者乘着黄昏时分，假如这些都没有的话，也可以在一片方圆一公里不见人迹的开阔地带。那么，在城市里怎么办呢？那里，人山人海；那里，没有一处昏暗的角落；那里，即使是一片孤零零的残垣断壁也不足以安全地避开咄咄逼人的目光。在城市里，为了与他人保持距离，除了躲在门锁严实的方寸小屋之内，别无他法。谁若是没有这个方寸小屋，没有这个拉屎的安全场所，他就是所有人当中最可怜、最可悲的人，他既是自由的，又是不自由的。倘若钱少，约纳丹也能过得去，他可以想象自己穿一件邋遢的上衣和一条破烂的裤子，必要的时候——他调动自己全部的富于浪漫色彩的想象力——他甚至觉得，在一块硬纸板上睡觉，把自己的舒适小家限制在一个墙角、一道暖气栅栏旁边，或者地铁车站的楼梯平台上面，也是可以想象的。但是，要是在一座大城市里拉屎的时候，身后连扇门都没有的话——哪怕就是楼道公厕的门——要是一个人就连这种自由，这种最重要的自由，即在个人的窘境之中回避他人的自由也被剥夺了的话，那么其他一切自由也就全无价值了，生活也就变得毫无意义，那么倒不如去死，要更好一些。

当约纳丹认识到人的自由的本质在于拥有一个楼道公厕，而他则拥有这种至关重要的自由以后，他就感到一种深深的满足。是呀，他的生活已经不错啦！他过的是一种完全成功的生活。没有什么事情，的确没有什么事情值得他去惋惜，也没有什么人值得他去羡慕。

从这一时刻起，他就像长出了一双更加坚定的腿似的，站在银行的大门前面，他站在那里就像一尊铜像。他以前认为流浪汉身上的那种强烈的自满自信，就像熔化的金属一样流进他的体内，铸成一副内在的铠甲，使他变得更加沉重。从此以后，再也没有什么事情可以震撼他了，再也没有什么疑惑可以动摇他了，他找到了斯芬克斯的那种平静心情。在那个流浪汉面前——倘若他遇见他或者看见他坐在随便什么地方——他只会产生一种通常被称为宽容的感觉：一种由厌恶、鄙视和同情混杂在一起的情感。那个人再也不会使他激动，他对那个人已经无所谓了。

直到坐在布西科公园里，吃着蜗牛形葡萄干面包卷，喝着袋装的牛奶的今天，这个人对约纳丹也毫无所谓。以往午休期间他总是回家，因为他就住在离此五分钟远的地方。在家里他总要在电炉上做点热乎的东西，比如鸡蛋饼、火腿荷包蛋、奶酪面条、前一天的剩粥、色拉和咖啡。上一次午休时，坐在公园的长凳上吃蜗牛形葡萄干面包卷，喝袋装牛奶，已是很久以前的事了。他本来并不特别爱吃甜食，也不爱喝牛奶。可是今天他已经为那间旅店客房支出了五十五法郎，他觉得再去咖啡馆点色拉、啤酒和鸡蛋饼的话，就太奢侈了。

对面长凳上的那个流浪汉已经吃完了。在沙丁鱼和面包之后，他还吃了奶酪、生梨和饼干，喝了一大口葡萄酒，发出一声心满意足的哼哼，随后把上衣卷成一个枕头，放在长凳上，头枕在上面，伸展开懒洋洋的、酒足饭饱的身躯准备午睡。现在他睡着了。麻雀蹦过来，啄食面包屑，接着几只鸽子也被麻雀吸引到长凳跟前，用它们的黑嘴啄着地上被咬下来的沙丁鱼头。流浪汉丝毫不受这些鸟儿的干扰，睡得既沉稳又平静。

约纳丹端详着他，此时此刻一种奇特的不安袭上他的心头。但这种不安并不像从前那样由于羡慕，而是由于惊奇。他不禁自问，这个年逾五十的人怎么还会活着？以他的那种根本不为自己生命负责的生活方式，他不是早就该饿死、冻死，死于肝硬化——反正必死无疑了吗？与此相反，他却津津有味地又吃又喝，睡得又香又甜。他穿着一条打着补丁的裤子——当然不是他当年在杜邦街拉屎时脱下的那一条，而是一条比较漂亮的、可以说挺时髦的、仅仅打了几个补丁的绒裤——和一件棉衣，给人一种与自己、与外界都处于最佳和谐之中并享受着生活的完全自立的人的印象……而他约纳丹——他的惊奇慢慢地升级为一种神经质的思路紊乱——他这个人一生始终正直、守法、朴素、禁欲、整洁、守时、听话、可靠、正派……薪水的一分一厘都是自己挣来的，不管什么东西，他向来都是支付现款，电费、房租、门房女人的圣诞节小费……从未欠过债，从未给谁带来过负担，甚至没生过病，没花过社会保险金……从未伤害过谁，生活中除了维持和保障自己的一点内心平静以外，绝无其他奢求，绝无……而他却在五十三岁时被突然推入了一场危机，这场危机动摇了他悉心制订的整个生活计划，把他搞得稀里糊涂，使他出于惶惑和恐惧吃着蜗牛形葡萄干面包卷。是的，他感到恐惧！的确，他只要看一眼这个熟睡的流浪汉就会发抖，就感到恐惧：他突然感到害怕极了，他担心自己也会变成躺在长凳上的那个穷困潦倒的人。人要是贫困、衰败起来，那是多么快啊！自己那貌似牢固的生活基础支离破碎得多么快啊！“你没有看见罗德尔先生的轿车，”他突然又想起了这件事，“从未出现过，也绝不允许出现的事情，今天却出现了：你没看见这辆轿车。如果你今天没有看见这辆轿车，那你明天也许就会疏忽整个工作，或许还会把铁栅栏门的钥匙丢了，下个月你将被不光彩地开除，而新的工作你又找不着，因为，谁会雇一个不中用的人呢？依靠失业救济金谁也无法生活。那时你早已失去了你的房间，那里住着一只鸽子。一个鸽子的家庭住在你的房间里，把它弄得又脏又乱。旅店的费用涨得高不可测，由于苦恼你喝得酩酊大醉，越喝越多，喝光了你的全部积蓄，陷入酗酒的泥淖中而不能自拔，你会生病，堕落，身上长满虱子，穷困潦倒，被人从最后一家最便宜的小旅店里赶出去，身无分文，两手空空，站在大街上，住在大街上，睡在大街上，往大街上拉屎，你完了，约纳丹，不出一年，你就完了，你也会变成一个流浪汉，穿着破破烂烂的衣服，像他，你的这个穷困潦倒的哥儿们一样躺在公园的一条长凳上。”

他变得口干舌燥了，他把目光从意味着不祥之兆的那个睡觉的男人身上移开，咽下最后一口蜗牛形葡萄干面包卷。费了好长时间这口面包才咽进胃里，它像蜗牛似的不紧不慢地爬入食道，有几次似乎被卡住了，噎得他好痛，犹如一颗钉子钻透了他的胸膛，约纳丹以为这回非得被这块讨厌的面包噎死不可，但是它后来又接着一点一点地往下滑，终于到了下面，痉挛状的疼痛消失了，约纳丹深深地吸了一口气。他想现在就走，不愿在此再呆下去，虽说午休时间还有半个小时。他已经厌烦了，对这个地方已经兴趣索然。他用手背掸掉吃饭时尽管很注意还是掉在工装裤膝部的面包屑，捏了捏裤线的褶皱，站起身，看也没看流浪汉一眼就走开了。

当他回到塞夫尔街时，突然想起把喝光的牛奶袋放在公园的长凳上了。他感到心里很不痛快，因为他憎恨人们把垃圾丢在长凳上或者随便扔在街上，而不是扔在该扔的地方，即随处可见的垃圾筐。他自己还从未随手乱扔过垃圾或者将垃圾放在公园的长凳上，从来没有过，既没有因为一时疏忽，也没有由于健忘，这种事根本就不会在他身上发生……因此，他也不愿意今天，恰恰在已经接二连三地发生了许多令人不痛快事情的今天，发生这种事情。他已经走上了邪路，他的举止像个傻瓜，像个不正常的家伙，像个与这个社会格格不入的人——没有注意到罗德尔先生的轿车！午饭是在公园里吃蜗牛形葡萄干面包卷！倘若他现在恰恰在小事上不检点，不极其坚决地抵制像乱扔牛奶袋这样的似乎最次要的疏忽行为，他不久就将失去任何依托，什么也无法阻止他悲惨末日的来临。

于是，他转身回到公园。从老远的地方他就看见他坐过的长凳空着，走近一些，他就透过漆成深绿色的椅背的板条缝看到了白色的牛奶袋，他松了一口气，看来他的疏忽尚未引起任何人的注意，他可以纠正这个不可饶恕的错误了。他从后面走到长凳跟前，把腰深深地探过椅背，用左手拿起牛奶袋，一边站起身来，一边猛地向右转去，转向他知道的最近的垃圾筐的方向——这时他感到裤子突然被重重地斜着向下扯了一下，可是他已来不及退回去了，因为这事太突然了，而他又正处于一种方向正好相反的、向上旋转的运动之中。随着裤子被向下一拉还发出一种难听的声音，一声很响的“哧啦”，他就觉得左大腿的皮肤吹过了一阵风，这表明外面的空气不受阻碍地闯了进来。有一会儿时间，他惊愕得连看都不敢看一下，而且那声“哧啦”——它还在他耳中鸣响——的音量之大，就好像不仅他裤子上的什么地方被撕破了，而且他自己，这张长凳，这座公园也被撕开了一条缝，就像地震造成的一条巨大裂缝似的，周围所有的人似乎都听见了这声可怕的“哧啦”，这会儿全都正愤怒地看着他约纳丹，把他视为罪魁祸首。但是没有任何人在看他。几个老年妇女在继续织着活儿，几个老年男子在继续看着报。小游乐场上，几个孩子在继续玩着滑梯，那个流浪汉仍在睡觉。约纳丹慢慢地垂下目光，裂口大约有十二厘米长，从左边裤兜的下端——刚才转身时就是这里被长凳上的一颗凸出的螺丝钉挂住的——沿着大腿向下，不是整齐地沿着裤子的线缝，而是横向漂亮的华达呢工装裤中间，然后又拐了个直角、顺着裤子上熨出的褶儿撕开了大约两拇指宽，这样裤子上出现的不是一条不引人注意的裂缝，而是一个明显的窟窿，上面还飘扬着一面小三角旗。

约纳丹感到肾上腺素涌进了血液，他曾经在书里读到，当身体处于极度危险和精神面临彻底崩溃的时候，肾上腺才会排出这种刺激性物质，以便调动体内的最后储备，用来逃命或者去做最后的生死搏斗。事实上，他觉得自己负伤了，似乎不仅裤子而且自己的肉体也被撕开了一条十二厘米的伤口。他的鲜血、他的在体内循环往复的生命从伤口中汩汩涌出，如果他不能立刻缝合伤口的话，他就会死去。然而正是这样肾上腺素又以奇妙的方式使自以为将因流血过多而致死的他活跃起来，他的心跳得很厉害，他的勇气十足，他的思路一下子变得非常清晰，并且集中于一个目标。"你必须立刻采取行动，"他心里有一个声音在喊，"你必须立刻采取行动堵上这个窟窿，否则你就完了！"就在他问自己能够采取什么行动时，他已经知道了答案——肾上腺素这剂灵丹妙药的功效如此迅速，恐惧能够对智慧和精力起到加速的效果。他果断地用右手抓住一直拿在左手里的牛奶袋，窝成一团，扔到一边，扔到随便什么地方，草地上，铺沙的路上，他才不管呢。他用腾出来的左手紧紧地压住裤腿上的窟窿，拔腿就跑。他尽量伸直左腿，不让左手滑动，右臂发疯似的摆动着，以跛足者特有的步态，一摇一晃，急急忙忙地跑出公园，跑出塞夫尔街，他只还有不足半个小时的时间了。

在巴克街口处的廉价商店食品部有一个女裁缝，他几天前还看见过她。她就坐在入口处附近，在放购物车的地方。她的缝纫机上挂着一个小牌子，他清楚地记着牌子上写的字：让妮娜·托佩尔——专改旧衣，兼营缝补——做工精细，交活迅速。这个女人会帮助他的，她一定会帮助他，假如她不是正在午休的话。她也许不会正在午休。不会的，不会的，否则就太倒霉了，他不会在一天里遇到这么多倒霉的事。现在不会，不会在这种极为困难的时候。人要是到了最困难的时候，他就会走运，就会得到帮助。托佩尔夫人会在做活的地方，她准会帮忙的。

托佩尔夫人果然在她做活的地方！他从食品部入口处看见她正坐缝纫机前做着活儿。是呀，托佩尔夫人是值得信赖的，即使午休时间，她也仍在干活，既细心又麻利。他向她跑过去，站在缝纫机旁边，把手从大腿上移开，匆匆看了一眼手表，两点零五分，他清了清喉咙，张口说道：“夫人！”

托佩尔夫人打完手里的一件红色百褶裙的褶儿，停下缝纫机，松开针脚，把线剪断，然后抬起头来看着约纳丹。她戴着一副大眼镜，珠母色的镜框粗粗的，镜片厚厚的，把她的眼睛变得像巨人似的，把她的眼窝变成了隐蔽的深潭。她的头发是栗褐色的，直直地垂到肩部，她的嘴唇涂成了银紫色，她也许四十八九岁，也许五十五六岁，她的举止就像那些家道中落、实际上已经配不上“女士”这一称呼的女士，人们对她们这种人很快就会产生信任。她的手指——她用手指把眼镜往鼻子上推了推，以便能够看清楚约纳丹——她的手指短小，像小香肠似的，尽管做过许多手工活儿，却保养得很好，指甲染成了银紫色。颇有几分使人信赖的魅力。托佩尔夫人用略微粗哑的声音问道：“您有什么事吗？”

约纳丹将身体的侧面对着她，指着裤子上的窟窿问道：“您能补补这个吗？”因为他觉得自己问得太唐突了，会使人看出他被肾上腺素引起的激动状态，就减弱口气以尽可能随便的口吻补充说道：“是一个洞，一条小裂缝……一桩小小的不幸，夫人，是否可以给补一补？”

托佩尔夫人把那双大眼睛的目光移到约纳丹的身

上，找到了大腿上的窟窿，然后弯下腰，以便仔细看看。她那光滑的栗褐色头发从肩上滑到后脑，露出了一截短短的、白胖白胖的脖颈，同时从她身上散发出一股香味，如此浓郁芬芳，如此令人陶醉，约纳丹不由自主地把头向后一仰，赶紧将目光从近处的脖颈移向远处的超级市场。有那么一会儿，他一直盯着眼前的空间，成排的货架，冷藏箱，奶酪和香肠柜台，特价商品柜台，堆积成山的酒瓶，蔬菜货架，推着购物车、拉着孩子、穿梭其间的顾客，售货员，出纳员和仓库保管员——人群熙熙攘攘，而他约纳丹，则穿着撕破的裤子站在一边，暴露在众目睽睽之下……他脑海中突然闪过一个念头，维尔曼先生、罗克夫人，甚至罗德尔先生也许正在人群里看着他约纳丹，看着他在大庭广众之下被一位栗褐色头发的、家道中落的女士检查身体的一个难堪的部位。他觉得有些不舒服，特别是他感到这会儿托佩尔夫人的一个小香肠似的手指触到了他的大腿的皮肤，她正用手指把撕开的小旗向上翻起，又重新放下……

但是，就在这时，托佩尔夫人从他的大腿处直起身子，坐在靠背椅子上，扑鼻而来的香水味顿时消失了，约纳丹这才垂下头，把目光从远处那令人迷惑的空间收回，投向面前的令人信赖的托佩尔夫人那副又大又厚的眼镜。

“怎么样？”他问道，紧接着又问了一遍：“怎么样？”他既忐忑不安，又迫不及待，就像是一个站在医生面前的病人，生怕医生作出令人沮丧的诊断。

“没问题，”托佩尔夫人说，“只是要在下面衬点东西，也许会留下一条小小的线缝，没别的办法。”

“这没有关系，”约纳丹说，“有一点线缝没什么关系，谁又会往这偏僻的地方看呢？”他看了一眼手表，两点十四分。“这么说，您能补好，您能帮助我了，夫人？”

“是的，当然能。”托佩尔夫人说道，把查看破洞时滑下一些的眼镜往鼻梁上推了推。

“啊，谢谢您啦，夫人，”约纳丹说，“我太谢谢您啦。您帮我摆脱了窘境。我现在还有一个请求；您能不能……劳您驾，因为我时间不多，只有……”他又看了看表，“只有十分钟时间，您能立刻就补吗？我是说，就现在？一分钟也不耽误？”

有些问题只要人们一提出来就被自身所否定；有些请求只要人们一提出来同时看一眼对方的眼睛，就知道完全是徒劳的。约纳丹看着托佩尔夫人眼圈发黑的巨人似的眼，立刻就明白一切都是毫无意义、毫无指望、毫无希望的。在此之前，他就已经知道这一点，当他还在结结巴巴地提问时，他就已经知道了，可以说他是从自己肉体上感觉到的，当他看表的时候，他就觉得自己血液中肾上腺素的含量正在下降：还有十分钟。他觉得自己正在往下沉，就像站在一块酥软的、即将溶化成水的冰块上。十分钟！谁能在十分钟之内补好这个可怕的窟窿呢？这不可能。压根就办不到。再说也不能就这样在大腿上补洞呀，得在下面衬点东西，也就是说必须把裤子脱掉。可是在这段时间里，在廉价商店的食品部中间，又到哪儿去再弄一条裤子呢？脱下自己的裤子，穿着内裤站在这儿吗？……荒唐，太荒唐了。

“立刻？”托佩尔夫人问道。尽管约纳丹知道一切都是徒然，尽管一种深深的沮丧情绪攫住了他，他还是点了点头。

托佩尔夫人微微一笑。“您瞧，先生，您看看这些东西，”她指着一个两米长的挂满连衣裙、夹克、裤子、女上衣的衣帽架说，“这些我都得立刻就做，我每天要干十个钟头。”

“是呀，这当然，”约纳丹说，“我完全理解，夫人，这是一个愚蠢的问题。那您认为，什么时候可以补好我的这个窟窿呢？”

托佩尔重新转向她的缝纫机，拉平红裙子的料子，放下了针脚。“如果您下个星期一把裤子送来，那么三个星期之后可以补好。”

“三个星期之后？”约纳丹麻木地重复道。

“是的，”托佩尔夫人说，“三个星期之后，不可能再快了。”

接着她就蹬动了机器，压脚嚓嚓地响了起来。此时此刻，约纳丹觉得自己仿佛根本就不存在了。虽然他还能看见在不到一臂远的地方托佩尔夫人正坐在缝纫机前，还能看见她那栗褐色的头发，珠母色眼镜，还能看见快速动作的又短又粗的手指和在红裙子边缘走出一条线缝的呼呼作响的机针……还能看见女裁缝的背后，超级市场里熙熙攘攘的人群……但是他却突然看不见自己了，就是说，他再也不把自己视为周围世界的一部分，有那么几秒钟，他觉得自己站得远远的，置身于世外桃源，就像正在透过一面拿倒了的望远镜观察着这个世界。他又像早上那样感到目眩头晕，身体摇摇晃晃，他向一侧跨了一步，转过身去，走向出口处。通过行走的运动，他又回到了这个世界，望远镜效果从他的眼前消失了。可是他的内心里仍然感到迷茫。

他在文具部买了一卷不干胶带，把裤子上的裂缝贴上，使得那面小三角旗不至于每走一步都张开一次。然后他回去上班。

整个下午他都是在悲伤和恼怒的心情中度过的，他站在银行门前最上面的一级台阶上，靠圆柱很近，但却没有靠在上面，因为他不想对自己的软弱无力让步。其实，他也根本不可能靠在上面，因为要靠在上面又不引人注意，就必须把双手交叉放在背后，然而，这是不可能的，因为他的左手必须垂在下面遮住大腿贴胶带的地方。因此，为了保持身体稳定的姿势，他被迫像那些傻小子一样，把两腿叉开站着。他觉得自己的脊柱因此而向外凸出，平时挺得直直的，而且很自然地脖子连同脑袋和帽子一起缩在双肩之间，这样一来，帽檐下面自然而然地出现了其他守卫的那种十分鄙视的虎视眈眈的目光和抑郁不乐的表情。他觉得自己变得奇形怪状，面前出现了一幅守卫的漫画像，一幅他自己的漫画像。他蔑视自己，憎恨这几个小时里的自己。他忿忿地怨恨自己，恨不得从皮肤里冲出来[1]，他还真的想从皮肤里冲出来，因为这会儿他全身的皮肤都在发痒。他现在甚至不能再靠自己的衣服和身体摩擦来搔痒，因为皮肤的每个毛孔都在冒汗，衣服就像第二层皮肤一样贴在皮肤上面。没有贴在皮肤上、衣服与皮肤之间尚有些许空间的地方，是小腿、

1 在德文中“从皮肤里冲出来”含有愤怒发火之意。

前臂、胸骨上方的凹陷处……奇痒难忍的地方恰恰就在这个凹陷处，因为又刺又痒的汗珠大滴大滴地往下滴——恰恰这个地方他不想搔痒，不，他不想得到这个可能的小小的痛快，因为这不会使他整个的悲惨处境有所改观，而只会使其更加明显，更加可笑。他现在愿意受苦，受苦越多越好。受苦对他来说正中下怀，说明他的憎恨和恼怒确有道理，并且将他的仇恨和愤怒之火扇得更旺，仇恨和愤怒又导致了痛苦，因为它们使他的血液越来越沸腾，将越来越多的汗珠挤出皮肤的毛孔。他脸上汗水涔涔，顺着下巴和脖颈处的汗毛往下直滴，帽檐卡着膨胀的前额，可是他无论如何也不会摘下帽子，哪怕就一小会儿。帽子应该像紧紧地拧在高压锅上的盖子一样戴在他的头上，像一个紧箍儿一样套着太阳穴，即使脑袋爆炸了也不例外。他什么也不想做，以便减轻自己的苦楚。他站在那里，动也不动，一连几个小时。他只觉得，他的脊柱越来越弯，肩膀、脖颈、脑袋越垂越低，身躯又矮又胖，那样子就像一只癞蛤蟆。

终于——他不可能也不愿意对此加以阻止——他那郁积已久的自我仇恨充满了全身，又从体内涌出，涌到帽檐下那双越来越阴险、越来越凶恶的眼睛，变成一种对外部世界的极其粗野的仇恨。约纳丹把在他视野之内的一切都蒙上了一层仇恨的铜锈。人们可以说，世界的真实面貌再也不能通过他的眼睛进入他的体内，光线的走向仿佛被颠倒了过来，眼睛仅仅被作为通向外界的大门，以便将整个世界涂满滑稽画：例如，大街对面咖啡馆门前人行道上的侍者，这些年轻、捣蛋、愚蠢的侍者懒洋洋地坐在桌椅之间，瞎扯闲谈，嬉戏打闹，妨碍行人，冲着姑娘背后吹口哨。这群小公鸡什么事情都不做，只是间或把顾客大声点的饮料冲着敞开的大门里面的柜台，再高声喊一通："一杯咖啡！一瓶啤酒！一瓶柠檬汽水！"然后他们终于不情愿地走进大门，装出一副匆匆忙忙的样子，端出顾客要的饮料。这些侍者做出一些矫揉造作、貌似杂耍的动作，把饮料送到顾客的面前：把杯子旋转着放到桌上；把瓶装可口可乐夹在大腿中间，用手一拉把瓶盖打开；把夹在嘴唇之间的账单吐在一只手里，压在烟灰缸下，另一只手则伸到邻桌收款，收了一大把钱。价格高得惊人：一杯意大利浓咖啡五法郎，一小杯啤酒十一法郎，此外还得付给装腔作势的侍者百分之十五的服务费和额外小费。是的，这些无所事事的先生，这些厚颜无耻的无赖，他们等的就是这个，一笔额外的小费！——否则他们连声“谢谢”都不会说，更不肯说声“再见”；顾客要是不给额外的小费，在侍者眼里就只是一团空气，在离开咖啡馆时就只能看到侍者傲慢的脊背和傲慢的屁股。他们屁股上方的裤袋里塞着鼓鼓囊囊的黑色钱包，因为他们认为这样才气派，才潇洒，这些愚蠢的花花公子炫耀着像肥肥的尾骨一样的钱包——哼，他真希望能够用目光刺死他们这些自高自大、身穿透气凉爽的短袖制服的二流子！他真想跑过去揪住他们的耳朵，把他们从阴凉的太阳伞下面拽出来，在街上扇他们耳光，噼噼啪啪，左右开弓，打他们的嘴巴，揍他们的屁股……

但是，不仅仅揍他们！不，不仅要揍这些乳臭未干的侍者，还要揍顾客的屁股。那些傻乎乎的旅游者，那些身穿夏装、头戴草帽、鼻梁上架着墨镜的无赖，懒洋洋地坐在那里，喝着昂贵的清凉饮料，而其他人却汗流浃背地站着工作。还要揍那些汽车司机！那儿！这些坐在散发臭味、污染空气、发出讨厌的噪音的金属箱子里的傻猴子，整天除了在塞夫尔街上开来开去之外再无更好的事情可做。难道空气污染得还不够吗？难道这条街、这座城市的噪音还不够吗？难道从天空散发出来的高温还不够吗？难道你们非得用发动机把剩下的最后一点可以呼吸的空气吸尽、烧光，搀入毒素、粉尘和热腾腾的浓烟，吹进正派公众的鼻子里吗？你们这些垃圾袋！你们这些犯罪分子！应该把你们彻底消灭。是的！鞭笞，消灭，枪毙。每一个人，所有的人。啊！他真想抽出手枪，随意乱射一通，朝着咖啡馆里面，射穿玻璃窗，打它个稀里哗啦，朝着那些汽车，或者干脆朝着对面的一座摩天大楼，这些丑陋、高大、令人心悸的高楼大厦，或者朝着空中，向上，朝着天空，对，就朝着炎热的天空，朝着沉重地压在头顶上的、雾蒙蒙的、像鸽子羽毛似的灰蓝灰蓝的天空，把它击成碎片，让这层铅一样沉重的外壳裂开、坍塌、倾覆，把一切都碾成齑粉，埋在下面，一切，一切，整个可恶、讨厌、喧嚣、恶臭的世界。这天下午，约纳丹·诺埃尔的仇恨如此广泛，如此巨大，以至于他为了裤子上的一个窟窿竟要把整个世界变成一片瓦砾和灰烬。

然而，他什么也没有做，谢天谢地，他什么也没有做。他既没有朝天，也没有朝对面的咖啡馆，或者来往的汽车开枪，他站在原地，流着汗，一动不动。这种在他的身上引出惊人的仇恨，再从他的目光中流露出来的对这个世界的敌视，同时也使他浑身瘫软，以至于他的四肢再也不能动弹，更何况伸手掏枪或者扣动扳机了。是呀，他甚至都不能再摇晃一下脑袋，甩掉鼻尖上的一滴小小的使人难受的汗珠。这种力量把他变成了化石。在这几个小时里，这种力量的的确确把他变成了一尊斯芬克斯，一尊威风凛凛却又徒有其表的石像。这种力量具有某种电压，可以像磁铁似的吸起一块铁心，使之悬在空中。它也具有巨大的压力，可以将一座建筑物拱顶的第一块砖石牢牢地压在某个固定的位置上。这是一种假设虚拟的力量，其全部潜力存在于“我想要，我可能，我愿意”之中。约纳丹在心里编织着最骇人听闻的虚拟式的威胁和诅咒，此时此刻他恐怕也清楚自己永远不可能将其变成现实。他不是干这种事的人，不是出于内心苦闷、神经错乱或者一时冲动而犯罪的杀人犯。这并非因为他觉得这种犯罪行为是道德败坏，而是仅仅因为他根本不可能将自己的态度付诸行动或语言。他不是一个积极行动的人，而是一个逆来顺受的人。

下午五点钟左右，他已处于一种如此悲惨的境地，以至于他觉得自己再也离不开银行大门第三级台阶的圆柱前面的这块地方，肯定会死在这里了。他觉得自己至少老了二十岁，矮了二十厘米，几个小时的外部烈日暴晒和内部怒火灼烤把他溶化了，耗尽了他的精力，是的，他觉得自己已经精疲力竭，因为他已经感觉不出身上湿漉漉的汗水。他精疲力竭，就像一尊经历了五千年的风化、剥蚀、开裂了的石雕斯芬克斯，用不了多久他就会被晒干、烤焦，会萎缩，碎裂，化为尘土、灰烬，躺在这块地方。现在他勉强还能站在那里，就像一小堆垃圾，临了被一阵风吹走，或者由一位清洁女工扫掉，或者让雨水冲净。是的，他的结局就是如此：他不会作为一位受人尊敬、享受退休金的老人死在自己家中的自己的床上，而是像一小堆垃圾永远呆在银行门前的这块地方！他希望现在就已经到了这一步，希望衰亡的过程加速进行，早些走到终点。他希望自己真的能失去知觉，双膝发软，昏倒在地。他竭尽全力想使自己失去知觉昏厥倒地。小的时候，他曾经有这种本事。只要他愿意，他就能哭；他还能够憋气，直到昏厥过去，甚至他可以让心脏停止跳动一次。现在他竟然什么都不行了，他再也不能支配自己。他甚至再也不能屈膝弯腿，蹲在地上。他只能站着忍受一切。

这时他听见了罗德尔先生的轿车发出的轻轻的声音，这不是汽车喇叭的嘟嘟声，而是一种轻轻的鸟鸣般的声音，这是刚刚发动起来的汽车从后院驶向大门时发出的响声。就在这种轻微的响声传到他的耳边，进入他的耳朵，犹如一阵风暴穿过他体内的全部神经的时候，约纳丹感到，他的关节在嘎嘎作响，他的脊柱在伸长，伸出去的右腿不由自主地向左腿靠拢，左脚跟一转，右膝弯曲，向前迈了一步，接着左膝弯曲，然后又是右膝……他两脚交替向前，似在走，又似在跑，他跳下三级台阶，迈着轻快的步子来到门口，拉开栅栏，保持立正姿势，威武地将右手举到帽檐，让轿车通过。他完全像一个机器人似的做着这一切，丝毫也没有个人的意愿，他的意识的参与程度也仅仅局限于觉察到了这些运动和动作而已。约纳丹自己为这件事所做的唯一的独特贡献，就是朝着疾速驶去的罗德尔先生的轿车恶狠狠地瞪了一眼，默不出声地诅咒了一通。

可是，当他回到先前站立的位置之后，心里的怒火，他身上存在的这最后一点儿冲动，也逐渐消失了。当他机械地登上三级台阶，他最后的一点仇恨也不复存在了。回到台阶上面以后，他的眼里再也没有凶狠恶毒的目光。他用一种沮丧的目光望着大街。他觉得这双眼睛根本就不再属于自己，他仿佛是坐在他的眼睛的后面，像透过两扇无生命的圆形窗户朝外看着。是的，他觉得包裹着自己的这副躯壳似乎不再是自己的了，他约纳丹——或者他身上还残存的东西——仅仅是存在于一副高楼一般的陌生人的身躯中的一个渺小干瘪的小矮人，一个被绑在一架过于庞大、过于复杂的人形机器之中不能自拔、孤立无援的侏儒，他再也不能支配，再也无法按照自己的意愿操纵这架人形机器，而它要么自己操纵自己，要么就受其他某种力量的操纵。眼下这架机器静静地站在圆柱前面，站完了工作时间的最后十分钟——再也不能像斯芬克斯那样保持内心的平静，而是像一个被拆去了提线的木偶挂在那儿。五点三十分，维尔曼先生准时出现在外层防弹玻璃门前，喊道："关门吧！"这时，人形木偶机器约纳丹·诺埃尔就乖乖地运转起来，走进银行，站到电动关门装置的操纵台旁，开启装置，交替揿着控制内外两层防弹玻璃门的两个电钮，以便让职员们走出大门。随后，他与罗克夫人一起锁上已由罗克夫人和维尔曼先生共同锁好的通向地下保险库的防火门，与维尔曼先生一道打开报警系统，关掉电动锁门装置，与罗克夫人和维尔曼先生一起走出银行，在维尔曼先生和罗克夫人分别将内层防弹玻璃门和外层防弹玻璃门锁好之后，他又按照规定锁上了保险栅栏。接着，他朝罗克夫人和维尔曼先生笨拙地欠了欠身子，张嘴向二位道了晚安和周末愉快，同时也接受了对方的感谢以及维尔曼先生最美好的周末祝愿和罗克夫人的“星期一见”，他很有礼貌地等到他俩走了几步以后，才汇入人流之中，让自己被人流裹向与他们相反的方向。

走路使人平静，走路具有一种有益于健康的力量。在有节奏地摆动胳膊的同时，一步一步有规律的行走，呼吸频率的加快，脉搏的轻轻跳动，耳朵和眼睛为了确定方向和保持平衡而做出的必要的工作，空气掠过皮肤的感觉……所有这些都以不可抗拒的方式使肉体与精神合为一体，使得即使已经枯萎、受过损伤的灵魂，得以生长和发展。

对于双重人格的约纳丹这个藏在过于庞大的木偶躯体中的侏儒来说，亦是如此。他渐渐地、一步一步地增长，渐渐接近他的躯壳，从里面把它塞满，明显地控制了它，最终与它融为一体。这是在巴克街拐角处发生的事。他穿过巴克街（木偶约纳丹应该在这个地方自然而然地向右拐，沿着熟悉的路线走到普朗士街），故意不去理睬那家旅店所在的圣普拉西德街，而是径直走下去，直到格雷格瓦尔修士街，又从这里走到沃吉拉尔街，再从那儿走到卢森堡公园。他走进公园，沿着紧靠栅栏的林阴道转了三圈。这条路最靠外边，因此也最长，一些人正在慢跑。然后，他拐向南面，走上蒙帕那斯大街，再绕着蒙帕那斯公墓走了一圈，又走了一圈，接着向西走到第十五区，穿过整个第十五区来到塞纳河畔，顺着塞纳河而上，朝东北方向一直走到第七区，又到了第六区，他一直走啊走啊——夏日的夜晚是没有尽头的——重又回到卢森堡公园。当他到了门口时，公园刚刚关门。他在高大的栅栏门前停下脚步，大门左面是参议院大楼。这时大概九点左右，天空仍然亮得近乎白昼，只能从柔和的金黄色的天空和树阴的紫色边缘预感到黑夜将临。沃吉拉尔街上来往的汽车渐渐稀少，只是偶尔才出现一辆，街上的人群早已散去。公园出口处和街角的几伙人很快也离开，一个一个地消失在奥德翁剧院和圣絮尔皮斯教堂周围的大街小巷里面，有的去喝开胃酒，有的去饭店，有的回家。空气轻柔，散发着些许花香。四周静了下来，巴黎正在进餐。

他突然感觉自己疲惫不堪。走了几个小时，大腿、脊背、肩膀都疼痛起来，双脚在鞋里面火辣辣地疼。他突然又感到饥饿难忍，连胃都痉挛起来。他想喝一碗粥，想吃色拉和新鲜的白面包，还想来一块肉。他认识附近的一家餐馆，就在什么都有的卡内特街，一份饭菜外加服务费总共四十七法郎五十生丁。但是，他不能就这样汗淋淋臭烘烘地穿着撕破的裤子去呀。

他开始朝旅馆走去。途中，在阿萨斯街上，有一家突尼斯杂货店还开着门，他买了一听油浸沙丁鱼、一小块羊油奶酪、一个生梨、一瓶红葡萄酒和一个阿拉伯面包。

旅馆的这间房间比普郎士街的那间还要小，门的那一边墙比门宽不了多少，最长的一边顶多也只有三米。墙壁当然不是直角相接，而是——从门的方向看——斜着向两边分开，直至将屋子扩展到大约两米宽为止，然后互相靠拢，在正面会合，组成一个三角形的教堂后殿似的空间。这间房间从平面上来看就像一口棺材，开间也不比棺材宽敞多少。长的两边墙的一边放着一张床，另一边安装着一个洗脸池，下面是一个可以翻下来的浴缸，在三角形的教堂后殿里搁着一把椅子；窗户开在洗脸池的右上方，紧靠天花板，这是一个镶着玻璃的小活盖，用两根绳子系着，可开可关，就像一眼采光井，一股微弱的又湿又热的气流通过这个活盖吹进棺材，带进来了外界的一些沉闷的响声：杯盘的叮当声、厕所的抽水声、断断续续的西班牙语和葡萄牙语说话声、一阵嬉笑声、一个孩子的哭泣声，有时还从很远的地方传来一阵汽车喇叭声。

约纳丹穿着内衣内裤蹲在床边吃饭，他把椅子拉过来当桌子，把纸板箱放在上面，又把购物袋在箱子上摊开。他用小刀横着将沙丁鱼的躯干切成两半，叉起一半，搁在一片面包上，往嘴里塞了一口。在咀嚼的过程中，松脆的油浸沙丁鱼和淡而无味的面包片变成了一团美味佳肴。也许还缺几滴柠檬汁，他想。但是，这已经可以说是一顿奢侈的美餐了。每当他吃完一口面包，就着瓶子喝上一小口红葡萄酒，让酒流过舌面，在牙齿之间游动的时候，带有铁锈味的沙丁鱼和稍有酸味、浓郁芬芳的葡萄酒，就以令人信服的方式融为一体，约纳丹确信一生中还从未吃过比现在、比此时此刻更好的饭菜。这听罐头有四条沙丁鱼，可以吃上八口，就着面包悠闲自在地咀嚼，再喝八口葡萄酒。他慢条斯理地吃着。他曾经在一本杂志上读到，在极饿的时候，吃得太猛不利于健康，而且会引起消化不良，甚至导致恶心呕吐。另外，他之所以细嚼慢咽，也是因为他认为，这是自己的最后一顿饭了。

他吃完沙丁鱼，又用面包把罐头里剩下的油蘸干净，然后开始吃羊油奶酪和生梨。梨子的汁很多，以至于在削皮时差点从他的手里滑落。羊油奶酪压得很实，已经有些发黏，甚至粘在了刀刃上，吃起来酸溜溜苦兮兮的，牙龈像受到惊吓似的开始收缩，一时间连唾液也被吓没了。他接着再吃生梨，吃了一口香甜流汁的生梨，一切又开始流动、溶解，离开前腭和牙齿，滑过舌面，然后向下……再咬一口奶酪，又受到轻轻的惊吓，再吃一口爽口生津的生梨，奶酪，生梨……味道真好，他用小刀将纸上的最后一点奶酪渣刮了下来，连同起先切下来的果核部分带的一点点梨肉吃了个一干二净。

他又沉思着坐了一会，用舌头舔了舔牙齿，然后吃了最后一口面包，喝完最后一口酒。他把空罐头听、梨皮、奶酪包装纸拢在一块，连同面包屑一起包进购物袋，将这袋垃圾和空酒瓶放在门后的墙角里，从椅子上搬下箱子，把椅子放回三角形的教堂后殿，洗了洗手就上了床。他把羊毛毯卷成一团放在脚头，身上只盖了一条被单。然后他熄灭了灯。屋子里漆黑一团，就连从上面的那扇气窗也没有射进来一丝光线，只有微弱的、又湿又热的气流和从很远很远的地方传来的声响。天气非常闷热。“明天我就自杀。”他说。过了一会儿，他就睡着了。

夜里下了一场雷雨，这不是那种说下就下、电闪雷鸣的雷雨，而是一种迟迟下不来、长时间地抑制自己力量的雷雨。云层在空中犹犹豫豫地转悠了两小时之久，温柔地闪电，轻声地打雷，从一个城区转到另一个城区，好像不知道应该在何处聚积似的；它同时也不断扩展开来，越来越大，越来越大，最后终于像一床薄薄的铅灰色的被子盖住了整个城市，它还在等待着，通过犹豫不决给自己充上更足的电压，它仍然没有发作……这床被子下面没有一点动静，闷热的空气中没有一丝儿风，没有一片树叶在动，没有一粒灰尘在动，城市就像凝固了似的，它稍有一点瑟瑟发抖——如果可以这么说的话——它在足以使人瘫痪的紧张状态中瑟瑟发抖，好像它自己就是雷雨，正等待冲向天空爆炸的时机。

时间已近拂晓，天色微微泛白，这时天空终于发出了一声霹雳，这是唯一的一声，声音之响仿佛整个城市都爆炸了似的。约纳丹一骨碌从床上坐了起来。

他并没意识到这是霹雳，更不用说听出是在打雷，更糟的是：就在他醒来的一刹那，霹雳使他感到极度恐惧，他不知道恐惧的原因，这是对死亡的恐惧。他听见的唯一响声是霹雳的回音，这是多次重复的回音和隆隆远去的雷声。乍听起来，似乎外面的房屋像书架似的纷纷倒下了。他的第一个念头是：现在是时候了，这就是末日。他指的不仅仅是自己的末日，而且也是世界的末日，世界的毁灭，一场地震，一颗原子弹，或者两者兼有——反正这是绝对的末日。

但是，接着又一下子变得一片死寂，再也听不到隆隆的雷声，没有坍塌声，没有破裂声，什么也没有，什么回声也没有。这种突如其来的一直持续的寂静，简直比正在毁灭的世界的狂呼乱叫还要恐怖可怕。因为约纳丹觉得，自己虽然依然存在，但除了他以外什么都不复存在了，没有对面，没有上面，没有下面，没有外面，没有可以让他辨别方向的其他任何东西。所有的感觉、视觉、听觉、平衡感觉——所有可以告诉他，他在何处，他是何人的一切都陷入了黑暗和寂静的一片虚空之中。他只能感觉到心脏的狂跳和身体的颤抖。他只知道自己是在床上，但不知道是在哪张床上，也不知道床在何处——如果它还立着，如果它还没有倾覆，没有掉入某个无底深渊的话——床似乎在摇晃，他用双手紧紧地抓住床垫，以防从床上摔下去，以防失去他正握着的这唯一的东西。他用眼睛在黑暗中寻找支持，用耳朵在寂静中寻找依托，他什么也听不见，什么也看不见，一切全无，他的胃里在翻腾，涌起一股难闻的沙丁鱼味。“千万别吐，”他想，“千万别吐，千万别在现在把你自己翻到外面去！”……过了好长一段瘆人的时间，他终于看到了什么，那是右上方的一丝微弱的光线，一丁点儿亮光。他呆呆地望着右上方，眼睛紧紧地盯住它，一个正方形的小亮点，一个小孔，一道内外之间的界限，一间屋子里的一扇独特的窗户……是哪间屋子呢？这不是他的屋子呀！这绝不是你的屋子！你的屋子的窗户在床脚的上方，而不是挨着天花板那么高的地方。这是……这也不是叔叔家的那间屋子，这是位于夏朗德的父母家的那间儿童寝室——不对，不是那间儿童寝室，这是地窖，对了，地窖，你正在父母家的地窖里，你是个孩子，你只是做了一场梦，梦见你已长大成人，成了巴黎的一个令人讨厌的上了年纪的守卫；但是，你是个孩子，正坐在父母家的地窖里，外面正在打仗，你被俘虏了，被掩埋了，被遗忘了。他们为什么不来？他们为什么不救我？为什么这里死一般的寂静？其他人在哪儿？我的上帝，其他人到底在哪儿？没有其他人，我就无法生活啊！

他几乎喊出声来，他想冲着黑暗高喊：“没有其他人，我就无法生活啊！”他感到极其困惑，约纳丹·诺埃尔这个老小孩，对孤独的恐惧大得无以复加。然后，就在他要喊叫的当儿，他得到了回答，他听见了一阵响声。

一声敲击声，很轻很轻，又敲了一下，第三下，第四下，在头顶的某个地方，接着敲击声变成了一种有节奏的轻柔的击鼓声，渐渐急促起来，越来越急，最后不再是击鼓声了，而是一种有力而欢快的噼噼啪啪的声音，约纳丹听出这是雨点的响声。

这间屋子重又恢复它原先的秩序，约纳丹，现在看清那块四方形的亮点原来就是采光井似的活盖，他在朦朦胧胧的光线中分辨出这间客房的轮廓、洗脸池、椅子、箱子、墙壁。

他松开了紧握着床垫的双手，将两腿收到胸前，用双臂抱住。他就这样蜷曲着身子坐了很久，也许半个小时，聆听着雨点的响声。

然后，他下了床，穿好衣服。他用不着开灯，晨曦中他能看得清楚。他拿起箱子、大衣、雨伞，离开了房间。他蹑手蹑脚地走下楼梯，楼下接待处的夜班门房还在睡觉。为了不把这人吵醒，约纳丹踮起脚尖从他身边走过，很快地揿了一下电动开门装置的按钮，随着轻轻的“吱喽”一声，门就弹开了。他走出门，来到了户外。

在大街上，他浑身沐浴着凉爽、灰蓝色的晨曦。

雨已经停了，只是房檐和遮阳布篷还滴着雨滴，人行道上有一摊摊积水。约纳丹朝着塞夫尔街走去，四下里看不见一个人，看不见一辆车。周围的房屋静悄悄的，显得谦逊而纯真无邪，仿佛雨水把它们骄傲的气焰、自大的外表和所有的危险全都冲刷殆尽了似的。在对面廉价商店的食品部前面，有一只猫正沿着橱窗轻快地跑着，消失在空荡荡的蔬菜货架底下。右面的布西科公园里，雨淋过的树木发出沙沙的响声。几只乌鸦开始鸣叫，啁啾声从高楼大厦反弹回来，更增添了城市上空的宁静。

约纳丹穿过塞夫尔街，拐进巴克街，朝家走去。每走一步，湿漉漉的鞋跟就在湿乎乎的柏油路上发出“啪”的一声。就像光脚走路一样，他想。他指的是响声而不是脚在鞋袜里面的那种又湿又滑的感觉。他真想脱下鞋袜，光着脚走路。他没有这样做，仅仅是出于懒惰，而并非因为他觉得这样做有失体面。他使劲地在积水中啪啪地跺脚，专拣水洼中间走，呈之字形地从一摊积水走到另一摊积水，有一次甚至还转到大街的另一边，因为他发现对面的人行道上有一大摊美丽的积水，他噼噼啪啪地用平底鞋跟踏过积水，水都溅到了橱窗、停在旁边的汽车以及自己的裤腿上面。真好玩，他享受着这种小小的孩子的恶作剧，就像享受着一种无限的重新获得的自由，当他来到普朗士街，走进大楼，悄悄地走过罗卡尔夫人那间关闭的门房，穿过后院，走上窄小的仆人专用的楼梯时，他仍然兴高采烈，心情愉快。

直到快要到了七楼时，他才有些害怕起来，他害怕过道的尽头：那只鸽子，那只可怕的动物正在上面等待着。它恐怕正蹲在过道的尽头，红红的爪子，四周净是鸽屎和随风飘荡的绒毛，这只长着可怕的裸眼的鸽子将扑棱着翅膀飞起来，用翅膀触及他约纳丹，要想在这么狭窄的过道里避开它是不可能的……

他放下箱子，停住脚步，尽管他前面还有五级台阶。他并不想转身离去，只想在走完最后这一段路之前，休息一小会儿，歇一口气，使心跳平缓一些。

他望了一眼身后，他的目光循着螺旋形的楼梯扶手向楼梯下面望去。他看见斜射进每一楼层的光线，他觉得晨光已经失去它的蓝色，渐渐变成黄色，也更加暖洋洋的了。他听见从房东的房间里传出了这幢大楼正在醒来时发出的最初的响声：杯盘的叮当声，电冰箱的开关声，收音机轻轻播放的音乐声。随后，一股熟悉的香味突然扑鼻而来，这是拉萨尔夫人的咖啡的香味，他吸了几口，觉得就像喝了咖啡似的。他一下子不再感到恐惧了。

他刚一走进过道，立刻就看见了两样东西：关闭的窗户和晒在楼层公厕旁边的水池上面的一块抹布。他还看不到过道尽头，从窗户射进来的一团亮得刺眼的光线挡住了他的视线。他往前继续走着，已经可以说是无所畏惧了，他穿过光亮处，来到后面的背光处。过道里空空荡荡，鸽子不见了，地板上的鸽屎已被擦掉，红色的瓷砖上再也没有一根小羽毛，再也没有一根小绒毛在瑟瑟颤动。

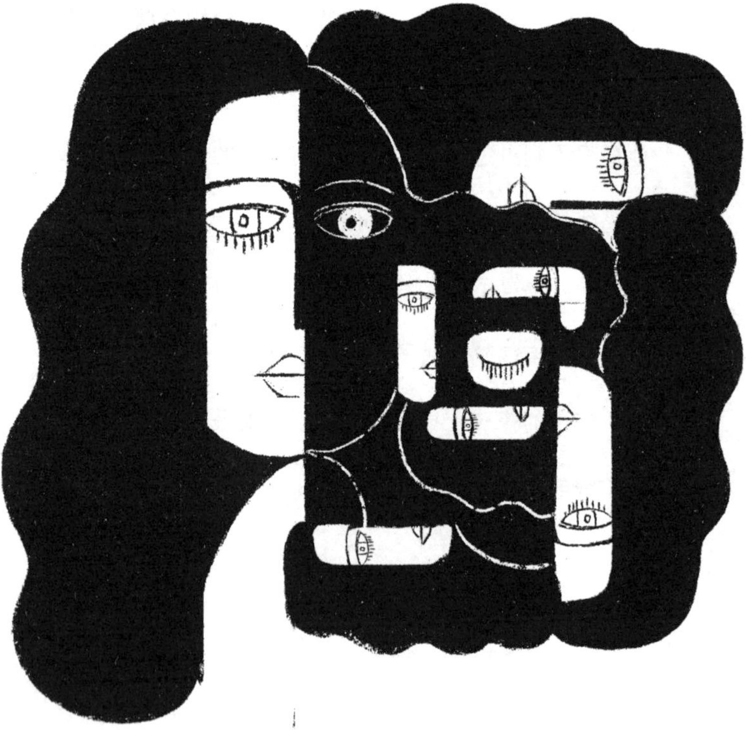

对深度的强调

陈晓春 译

一名来自斯图加特的年轻女子，画画得不错，在她举办的第一次画展上，一位评论家，他没有什么恶意，只是想推动她，对她说："您作的画，显示出您的天赋，也颇赏心悦目，只是您的深度远远不够。"

这名年轻女子没有理解这位评论家指的是什么，一会儿，也就将他的这番评论抛到了脑后。可第二天报纸上刊出了这位评论家的观后感，文中写道："这位年轻的女艺术家聪颖过人，她的画初看上去令人满意，可惜的是这些画都缺乏深度。"

年轻女子这时开始思索起来。她端详着自己的画，一边在旧的挎包里翻寻着。她仔细地打量着她画的所有的画，包括那些正在创作中的作品。然后，她拧上颜料瓶，擦干笔，出去散步了。

当天晚上，她应邀做客去了。人们似乎都知道报上的那篇评论，交口称赞她出众的才华和那些一眼看去就给人留下极大满足和舒适的画。但从角落里和背对着她站着的人们的窃窃私语中，年轻女子如果竖起耳朵细听，就会听到这样的话："她没有深度，就是这么回事。她并不差，可遗憾的是她没有深度。”

在接下来的整整一个星期里，年轻女子什么都没画。她一声不吭地坐在自己的屋里，像一个掉在深海里的病人，拼命地思索着，脑子里只有一个想法，并紧紧抱住它，缠住它不放：“为什么我没有深度？”

在第二个星期里，女子尝试着继续作画，可除了几幅笨拙的草稿她什么也没画出来。有时她连一根线条都画不好。最后她手抖得厉害，连笔都放不进颜料瓶里了。这时她哭了起来，高声叫喊：“是的，说得对，我是没有深度！”

第三个星期里，她开始翻阅画册，研究其他画家的作品，并去画廊和博物馆。她阅读艺术理论方面的书籍，走进书店，要店员在书库中寻找最有深度的书。她得到了一本某个叫做维特根斯坦写的书，可根本无法读下去。

在市博物馆举办的“欧洲绘画五百年”画展上，她加入了一群由他们的美术老师带队的学生队伍。在莱奥纳多·达·芬奇的一幅画前，她突然走到前面问道：“对不起……您能告诉我这幅画有深度吗？”美术教师咧嘴笑着回答说：“如果您想取笑我的话，那您该早些起床，仁慈的女士！”全体同学哄堂大笑，这年轻女子掉头就走，回到家中竟伤心地哭了起来。

年轻女子越来越古怪。她几乎不再离开工作室一步，却什么也画不出来。她吃药，为了保持头脑清醒，可不知道为什么要使头脑清醒。她倦了，就睡在椅子上，因为她不敢上床睡觉，害怕睡觉的深度。她也开始酗酒，整夜整夜地不关灯。她不再画画。当一位工艺美术品商人从柏林打来电话，请她画几幅画时，她竟对着话筒大声嚷嚷：“您让我安静点吧！我没有深度！”她偶尔捏代用黏土，但没有固定的形状。她只是将手插在黏土里，或是把黏土搓成小泥团。她不修边幅，不再注意自己的穿着打扮，整个屋里乱七八糟。

她的朋友们为她着急。她们说：“我们得关心她，她陷入了一场危机。这个危机或许是人际关系方面的，或许是艺术方面的，也有可能是经济方面的。第一种情况我们帮不上忙，第二种情况必须由她自己去克服，如果是第三种情况，我们可以为她捐一些款，不过这可能会使她感到难堪。”所以他们局限于邀她做客，请她吃饭或是参加各类社交活动。可她总是以她得工作为由加以拒绝。事实上她从不画画，只是端坐在她的房间里，呆呆地看着前方，或是捏着代用黏土。

有一次，她对自己是那么的绝望，以至终究还是接受了一次邀请。她挺中意的一名青年男子，聚会结束后要送她回家，他想和她睡觉。她说，他完全可以这样做，因为她也喜欢他，只是她不具备深度，他得对此做好思想准备。听她这么一说，年轻人就和她道别了。

这名以前画画得那么好的年轻女子，现在愈发萎靡不振。她终日闭门不出，也不再接待来客。由于缺少运动，她发胖了，由于酗酒和服用药物，她过早地衰老了。她的屋里开始散发出一股霉味，她自己也一身臭酸气。

她得到过三万马克的遗产，靠这笔钱生活了三年。在那段时间里，她每年都要去一次那不勒斯，谁也不知道她为什么去那儿。谁和她打招呼，她也只嘟哝几句含混不清的话。

这笔钱花完后，这名女子剪破她所订阅的所有报纸，把它们剪得满是窟窿，随后乘车去了电视塔，从 139 米的高处跳了下去。但这一天正好刮大风，她没有摔死在塔下沥青面的广场上，而是被风吹过一片燕麦地，落到了森林边上，掉在了一棵冷杉树上，尽管是这样，她还是当场就死了。

感谢马路小报获悉了这条消息。自杀这件事情本身，那令人感兴趣的飘移路线，加上这是一个极有前途的女艺术家，而且曾是那么漂亮，这一切都有着极高的新闻价值。她的屋里看上去是那么的凌乱，简直可以拍多姿多彩的风景照片了：数千个瓶底朝天的酒瓶，到处是破坏的痕迹，遍地是撕碎的画，墙壁上是一团一团的代用黏土，房间角落里甚至还有大便！人们大着胆子做了第二个醒目的标题，此外还在第三版上登了个专题报道。

开头时提及的那位评论家，在副刊上写了一篇短文，文中表达了他对这名年轻女子如此骇人听闻地结束自己生命的震惊。他写道："对我们还活着的人来说，眼睁睁地看着一个有着天赋的年轻人找不到在圈子里坚持下去的力量，是一件令人震惊的事情。如果涉及的主要是人性范围内的关怀和艺术领域里的理智的陪伴，那么单单是国家提供赞助以及私人给予帮助是远远不够的。然而导致这一悲惨结局的起因最终似乎在她本人。因为她的初期作品，看上去仍显得幼稚，并没有显示出那种令人吃惊的内心矛盾，但从那执拗的、用于传递信息的颜料调配技术中，不是可以窥见那种内心迷惘的、螺旋形般固执的、同时感情高度冲动却显然是徒劳的一个生物对自我的反抗吗？我差不多想说，那不是不计后果地冷酷地对深度的强制吗？”

一场龙虎斗

陈晓春 译

那是八月的一个傍晚，大多数人都已离开公园，但在卢森堡公园西北角的亭子里，还坐着两名在下棋的男子，旁边围着十多个人，高度紧张地盯着棋盘，以致此时已近晚饭前喝开胃酒的时候，仍然没有人产生要在这盘棋结束以前离开的念头。

这一小群人是对那位挑战者感兴趣，这位年轻人长着一头黑发，脸色灰白，有着一双目空一切的黑眼睛。他一言不发，脸上没有任何表情，只是偶尔在手指间来回转动一支没点燃的香烟，完全一副心不在焉的样子。没有人认识他，迄今为止也没有人看到他下过棋。可从他只是冷冷地、高傲地、不出声地坐到棋盘边摆动棋子的第一刻起，他身上就迸发出一股强大的吸引力，使得每一个看到他的人，都感受到一股不可抗拒的自信，觉得他们在这儿碰上了一位了不起的天才似的棋坛高手。引发这种感觉的或许只是这位年轻人俊秀和难以接近的外表，还有他那讲究的穿着和他匀称的体形；或许是他姿态中流露出来的镇定和沉着；或许还有包围着他的那种陌生的不同寻常的气息，反正在走第一个兵前，观棋者们就坚信，这是一位一流的棋手，他肯定要暗暗地创造人们期待已久的奇迹，也就是意味着要战胜这当地的棋王。

这位棋王，是个七十岁左右的小个男人，其貌不扬，从每个方面来说，都与那位年轻挑战者形成强烈的对比。他穿一身法国退休老人穿的工作服，裤子是蓝色的，里面是件羊毛背心，外套沾满了饭菜污渍，抖动着的双手上布满了老年斑，稀少的几根头发，紫红的鼻子，脸上一根根青筋凸出。他缺少任何的光彩，而且还没刮胡子。他烦躁地使劲吸着他的烟屁股，在他坐着的露天椅子上不安地蹭来蹭去，并顾虑重重地不停地摇晃着脑袋瓜。围观的人对他是最熟悉不过了。每个人都和他对过阵，但都输给了他，因为虽然他称不上是个天才棋手，但他却具有那种拖垮对手、俘虏对手和永不出错这真真使人恨之入骨的特点。人们不能指望他用一个小小的疏忽来迁就你，得有一个人来打败他，一个确实比他下得好的人。这一情景，人们这样猜想，有可能在今天出现：一个新的大师来了，他会将老棋王打翻在地——千真万确！——把他掀下马来，把他杀得片甲不留，步步紧逼，把他碾成齑粉，让他也终于尝尝失败的苦涩。这将是为大家洗刷耻辱啊！

“留点神，吉恩！”还没落子前他们就提醒他，“这次可要你性命了！你赢不了他，吉恩！滑铁卢，吉恩！当心，今天是滑铁卢喔！”

“别吵，别吵……”老头边回答边摇晃着脑袋，犹豫不决地把他的白色小兵往前推。

只要是轮到执黑棋的陌生人走，周围总是一片寂静。没人敢和他说话。人们心存胆怯地看着他怎样一言不发地坐到棋盘前，看着他那盯着棋子的胸有成竹的目光，看着轮到他下时他是如何在手指间转动那支没点燃的香烟，是怎样飞快而自信地移动他的棋子的。

开始的几步棋是通常的走法。各自吃了对方的一个兵。第二步走后，黑棋有两个兵处在一条线上，一般地说这是不利的。但陌生人完全意识到这点，容忍了双兵处在同一条线上这一局势，以便在下一步为后让道。这样走的目的显然是要在接下来的一步让对方吃掉一个兵，这是迟到的舍兵以取得攻势的开局着法。白棋只是迟疑地，几乎是战战兢兢地接了这步棋。围观的人们交换了一下意味深长的目光，心存疑惑地点点头，随后又紧张地瞅着陌生人。

陌生人有一会儿停止了手中的香烟转动，他往前举起了手——他确实要走后了！把它一下子拉出来，一下子放到对方的阵地上去，后这么一走，就仿佛把棋盘分成了两个部分。人群中发出了赞赏的轻微咳嗽声。多妙的一步棋！多大的冲劲！是的，他会走后这步棋，他们猜到他会这么走——但一下子走得那么远！围观的人们——他们可都是些深谙棋道的人——他们中却没有人敢这样走。可这对真正的大师来说只是小菜一碟。一位真正的大师下起棋来是富于独创性的，充满风险的，坚决果断的——与一般的棋手就是那么不一样。所以作为一名一般棋手，不必去理解大师走的每一步棋，因为——事实上人们不是很清楚，后为什么要走到它现在的位置。它根本不能置对方于死地，只是对被保得很好的棋子形成攻击。可这步棋的目的和深刻意义很快就会显现出来，大师自有他的锦囊妙计，这是肯定的，这可以从他不变的表情、自信和从容的手势上看出来。这非同寻常的走后这步棋，至此连最后一名观棋者都明白了这棋盘边坐着一位天才，再过一会就见不着他了。吉恩这老棋王，只配让人幸灾乐祸了。他怎么能抵挡得了这万钧之力？人们对他的能耐知道得可是一清二楚的！他或许会试图通过步步为营的方法，走出这困境，采取谨慎小心的步步拖延战术……迟疑了好久后，吉恩没有对深入腹地的黑后采取相应的大规模围剿，而是吃了H 4格因黑后的前移而失去保护的一个兵。

年轻人对又失一兵毫不介意，他连一秒钟都没思考，就把后右移，直指对方阵势的核心，落到了同时攻击两名将军——马和车的位置，此外还直接威胁处于它前方的王。围观者的眼睛因赞赏这一妙招而闪闪发亮，好一个鬼才！多妙的黑棋！好大的气魄！“专业水平，”有人喃喃自语，“大师，棋中佳作！”此时的人们焦急地等着吉恩的应着，他们这么性急，主要还是要看到黑棋的下一步高招。

吉恩犹豫不决起来。他思考着，绞尽脑汁，屁股在椅子上磨来蹭去，头在不停地摆动，令看他的人都感到难受——走啊，吉恩，你走啊，不要躲躲闪闪该走不走啊！

吉恩终于走了。他用颤抖着的手拿起了马，跳到了不仅摆脱后的攻击，而且对后形成攻击并保护车的位置。就这样了。这倒是不错的一着。在这般困境中除了这样走还能有其他什么走法呢？我们，我们所有站在这儿的人，也都这样下过的呀。——“可这帮不上他什么忙的！”有人在窃窃私语，“黑棋早就料到了这一着！”

说时迟那时快，执黑棋的手像只老鹰掠过棋盘，抓起后就往……——不！不要像我们也走过的那样胆小如鼠地往回跳，只要将它往右移一格就行了！真是让人难以置信！人们由于惊讶，一个个都愣住了。谁也不知道这么走有什么用，因为现在后已到了最边上的一格，既不威胁对方的任何棋子也不保护自己的任何棋子，它毫无作用地呆在那儿——但却是威风八面，是那么可笑地威风凛凛，还从来没有一个后那么威武地、孤单而又高傲地站立在对方阵地的中央……吉恩也没反应过来，他的这位神秘的对手走这步棋有些什么目的，是不是设下了什么圈套让他钻，他思考了好长时间才满腹狐疑地作出决定，再次吃掉对方一个孤零零的兵。围观者一算，现在他要比黑棋多三个兵。可这并不能说明什么！数量上的优势有什么用？对手可是有着战略目光的，他不计较棋子的多寡，而是要攻城略地，是要充分展开队形，是要出其不意闪电般地出击。吉恩，你得当心！你还可以吃兵，可接下来要将你的军了！

轮到黑棋走了。陌生人从容不迫地坐在那儿，手指间转动着香烟。现在他思考的时间比起前面来长了一些，也许是一分钟，或许是两分钟。四周一片寂静。围观者谁也不敢低声说话，也几乎没人再去看那棋盘，大家都神情紧张地看着年轻人，看着他那双手，看着他那苍白的脸。在他的嘴角边不是已经露出了一丝胜利的微笑吗？难道还看不出在作出重大决策之前那鼻翼的轻轻翕动？下一步棋会怎么走呢？大师会采取怎么样的致命性打击呢？

此时那支烟不再转动，陌生人向前弯起腰，数十双眼睛跟随他的手一道移动——他将走哪步棋呢，他会走哪步棋呢？……他举起了 G7 格的兵——谁会想到这一着！ G7 格的兵！——把 G7 格的兵移到了……G6 格！

四周鸦雀无声，足足一秒钟。连老吉恩也在顷刻之间停止了抖动和摇晃。只是少了观众中的欢呼声！人们吹出憋了好长时间的气，用肘碰碰旁边的人，你们看到没有？这是一个多么厉害的小伙！多有魄力！他不去动后，而是干脆把兵走到 G6 格！这样当然就把 G7 格留给了象，这是肯定的，再下一步他就会将军了，那再往后……？再往后……？……然后，是这样的——然后么……然后肯定是吉恩很快完蛋，肯定是这样。只要瞧瞧他那使劲考虑的模样就够了！

确实，吉恩在思索着。想了好久好久。这男人该是绝望了！有时他把手伸出去——可又缩了回来。你快一点啊！你走啊，吉恩！我们要见识大师呢！

在过了漫长的五分钟后，有人已用脚在嚓啦嚓啦蹭地了，吉恩才终于壮着胆子开走。他向后发起攻击，用一个兵攻击黑后。想用这拖延的方法苟延残喘，是多么的可笑！黑棋只要往后退两格，一切就全恢复为原样。你输了，吉恩！你想不出什么高招了，你的死期到了……

因为执黑者拿起了——你看，吉恩，他根本用不着冥思苦想，现在是接二连三，步步推进！——执黑者拎起了……——这时所有人的心脏一下子都停止了跳动，因为与所有显然是理智的考虑相反，黑棋没有走后，以摆脱那个兵的可笑的进攻，而是采取原先的策略，将象走到了 G7 格。

人群中一片失望。所有的人像肃然起敬般后退半步，不解地看着他：他竟然献出他的后，把象走到了 G7 格！他这样做时头脑清醒，神色庄重，他安详、从容地坐在那儿，脸色灰白，但气度不凡，优雅无比。这时人们眼睛湿润，心中腾起一股暖流。他下出了他们想下而从来不敢下的棋。他们不明白他为什么如此这般地下，他们或许觉察到，他是在自杀性地冒险，可这对他们来说是无所谓的。但尽管如此，他们还是想能像他那样下棋：大刀阔斧、满怀信心、拿破仑般地玩命。不像吉恩，他们熟悉他的胆小如鼠般的迟缓走法，因为他们自己的下法和他没有什么两样，只是技术稍差而已。吉恩的走法是明智的，它井然有序，有章有法，缺点是呆板乏味。相比之下黑棋的每一招都透出灵气，他献出自己的后，只是为了把象走到 G7 格，你们什么时候曾看到过这样的走法？他们深深地被这一举动打动。现在他可以下了，不管他怎么走，他们都将一步步地跟随着他，直到结束，无论是胜利还是失败，他现在就是他们心目中的英雄，他们爱他。

即使是作为对手的吉恩，这位理智的棋手，当他用颤抖的手用兵攻击后时，也因畏惧这位响当当的英雄而迟疑不决，他轻声地道歉着，几乎是请求地说，人们不该强迫他走这步棋："如果您把它送给我，先生……那我就得……我必须……"他用恳求的目光看了一眼他的对手。而他毫无表情地坐着不吭一声。这位老者，怀着内疚和无奈，展开了进攻。

片刻之后，黑棋用象将军，将白棋王的军！观棋者中一阵骚动，人们已把失去后的事忘了，他们像一个人似的站立在年轻的挑战者和他的象后面。将！他们也该这样下的！完全一模一样，没有什么两样！将！——如果冷静地加以分析，他们自然知道，白棋有着多种解围的方法，可他们对此已不再感兴趣。他们不想再清醒地加以分析，他们只想看到辉煌的业绩，天才般的进攻和置对手于死地的强大打击。这场比赛——这一盘棋——对他们来说只有如此才有意义，才会使他们兴趣盎然，那就是看到年轻的陌生人取胜，老棋王被打翻在地。

吉恩迟疑着，思考着。他明白，谁也不会希望他赢得这场比赛。可他不知道为什么。他不能理解的是，其他人——他们可都是些久经沙场的老手——为什么看不出是他处于优势，是他的阵地固若金汤。他比对手多一个后和三个兵啊。他们为什么认为输的是他呢？他不会输！——或者真的是他输？他估计错误了？他精力不支了？其他人看得比他清楚？他有些慌了。或许是一个致命的圈套，走下一步棋时就要被抓住了。圈套在什么地方呢？他必须避开它，他必须钻出来，他必须给予反击……

吉恩更加小心地、更为迟疑地、更加胆战心惊地依照下棋的规律反复考虑，最后决定把马往回撤，跳到王和象之间，这样一来，黑象就处于白后的打击范围之内。

黑棋即刻作出回答。黑棋没有中断被阻拦了的进攻，而是加强了力量：他用跳马来保护受到攻击的象。观众中爆发出一片欢呼声。现在双方可以一步步地开走了：白棋走象打援，黑棋将车前移，白棋跳另一只马，黑棋移动他的另一个车。双方在黑象所处的位置上都投入大量的兵力，这一本来就无所作为的象所在的位置成了双方厮杀的中心——为什么，人们不知道，黑棋想要这么做。黑棋所走的使冲突升级的每一步棋，每一次又一个将军的出动，都受到观众们放开喉咙的大声喝彩。白棋迫不得已退缩的每一步，都引来观众们毫不掩饰的咕哝声。此时，黑棋再次一反常规，开始了可怕的兑子大战。对一个处于劣势的棋手来说——棋书上是这么写的——发起这样一场杀戮是很难占到便宜的。可黑棋竟然这样做了。观众们欢呼起来。人们还从来没有看到过这样一场大混战。黑棋毫不留情地大开杀戒，把处于打击范围内的一个个放倒，全然不顾自己遭受的损失，他的兵被接二连三地吃掉，在精于此道的观众们的热烈掌声中，马、车、象也一个接一个地被吃……

七个或八个来回以后，棋盘上的棋子已寥寥无几。大战的结果对黑棋犹为糟糕：他只剩下三个棋了，剩下王，一个车和唯一的一个兵。与此相反，白棋除了王和车外，还有从这场鏖战中保留下来的后和四个兵。对于每一个在行的观棋者来说，现在已不再有任何怀疑，谁将赢得这场胜利。但事实上……这种怀疑并不存在。因为像开初一样——这从人们通红的脸上所表现出来的好斗激情可以看出来，观众们面对失败却仍然坚信他们的人将获得胜利！他们仍然往他身上下着赌注，愤怒地否认任何显示可能失利的明明白白的迹象。

年轻人似乎对灾难性的局势也完全毫不在意。轮到他走了。他平静地拿起他的车，绕过一格退向右边。人群中又是一片寂静。真的，这些成年男人现在眼睛里滚动着泪水，为这位天才棋手的大义凛然所深深打动。这就像滑铁卢之战接近尾声时，皇帝把他的御林军送上早已输掉了的战场上去：黑棋用他的最后一个将军再次转入进攻！

白棋自然把他的王放在 G1 格的第一条线上，三个兵位于它前面的第二条线上，这样王就被夹住了，所以极容易被置于死地，如果黑棋能像显然所打算的那样，在下一步能成功地用他的车突入到第一条线上的话。

这一置对手于死地的可能性，在目前来说，或许是最为人们所熟识的，也是最为平庸的下法，人们几乎要说，是下棋中所有招数中最幼稚的方法，但它的成功建立在这样一个基础上，那就是对手没有看到这显而易见的危险因而没有采取相应的措施，这个反措施的有效之处是打开兵所组成的路线，给王创造避让的机会。用这个障眼魔法来制服一名老棋手，甚至是一名具有一定水平的新手，是过于草率了。可着了迷的观众欣赏这位英雄的走法，好像他们今天是初次认识他似的。他们因极度的吃惊而频频地摇头晃脑。他们自然希望白棋此时犯重大错误，这样黑棋就会赢了。他们确实是这样想的，他们真的相信，吉恩这位战胜了他们所有的人而且从未容许自己出错的当地棋王，会犯下这个低级错误。更有过之而无不及的是：他们希望这件事的发生，他们渴望这件事的发生。他们内心在强烈地祈求吉恩犯下这个错误……

吉恩在考虑着。他若有所思地把头摇来摇去，在再三斟酌，就像他所习惯的那样，在权衡着多种的可能性，他再次犹豫着——然后他那只发抖的、布满老人斑的手移向前方，拿起了G2格的兵，把它移到了G3格。

圣-絮尔皮斯的塔楼大钟敲响了八点钟。卢森堡公园内其他的棋手早已回去喝开胃酒了，出租石磨棋盘的人也已锁上他的小木屋，只是在亭子的中央还有一群观众在围着两位下棋者。他们瞪着双眼看着棋盘，棋盘上白棋的一个小兵把黑方的王给将死了。他们仍然不能相信这一事实。他们瞪大的牛眼离开棋盘上令人沮丧的场面，一起转向那位俊俏的统帅，此时他脸色苍白，目空一切，呆呆地坐在公园椅子上。“你没有输，”他们如炬的目光告诉他，“你现在将创造一个奇迹，这样一个结局是你早就料到的，是你一手促成的。现在你将消灭对手，怎么去消灭，我们不知道，我们根本就一无所知，我们只是一群普通的棋手。可你，你是一位奇人，你能赢得比赛，你会创造奇迹的。不要让我们失望！我们相信你，去创造奇迹，奇人，去创造奇迹，去赢得胜利！”

年轻人坐在那里不说一句话。过了一会儿，他用大拇指把香烟转到食指和中指尖上，把它塞进自己的嘴里。他把它点燃，吸了一口，张口将口中的烟雾吐向棋盘上方，再伸出手顺着烟雾滑行，在黑王的上方盘旋一会儿，然后往下用手推倒了棋子。

推倒王以表示自己的失利，是一种最粗俗也是最恶劣的姿态，这就像人们在事后毁坏整盘棋一样。当被推倒的王撞击棋盘的时候，发出一种讨厌的声响。这种声音像一根针，直刺每一位棋手的心脏。

这名年轻人轻蔑地用手指一触将王掀翻后，随即立起身来，既不看一下他的对手，也不环顾一下周围的观众，一声招呼也不打就径自离开了。

观棋者们站在那儿，是那么的狼狈，羞耻，一个个无助地盯着那棋盘。过了好大一会儿，这一位或那一位轻咳一下，用脚擦擦地，拿起一根烟——几点了？已经八点一刻了？我的天哪，这么晚了！再见！祝贺你吉恩！他们嘟哝着说声对不起，一个个飞快地溜之大吉了。

只留下当地棋王孤独地呆在那儿。他竖起被掀翻了的王，然后开始把棋子收进一个小盒子里，先是放被吃掉的，随后放还留在棋盘上的。当他往盒子里放棋时，像他通常的习惯那样，再一次在心中回想这盘棋的每一步棋和每一个位置。他没有犯任何的错误，当然没有。可他觉得，在他的一生中从来没有下过如此糟糕的棋。从形势来分析，他本来在开局的时候就能置对手于死地的。如果有人开局伊始就走舍后以取得攻势这般蹩脚的棋，那他就是对下棋一窍不通。对于这样的新手，吉恩通常是根据自己心情的好坏，或是宽大为怀，或是毫不留情，但不管怎么说，他都是顺当地、没有任何犹疑地把他们斩下马来。可这次他对自己对手的真正弱点的嗅觉显然已离他远去——或是他过于胆怯？难道他已没有勇气对一个自命不凡的江湖骗子，就像他通常所做的那样，采取断然措施？

不，事情要糟糕得多。他没能想象出，他的对手是如此的不堪一击。更为糟糕的是：到这场比赛几乎临近尾声时，他都认为，他和陌生人并不处于同一个水平。对手的自信、天赋和青春活力都使他感到是不可逾越的。所以他下得是慎之又慎。还不止这些：如果吉恩非常诚实的话，那他甚至必须承认，他钦佩这位陌生人，这和其他人没什么两样，是的，他也希望那人能赢他，能用尽可能印象深刻和尽善尽美的方式，终于把吉恩他击溃，对这一失败他已苦等了多少年，这样他才终于能从自己是老大因而必须击败所有人的重负中解脱出来，这样才能让那些充满敌意的观众，这个心存忌妒的团体，终于得到满足，这样才能恢复平静，终于……

可到头来当然还是他赢了。这次获胜是他一生中最令他作呕的胜利，因为他为了避开它，在整个比赛中都在否定自己，都在贬低自己，在世界上最低劣的棋手面前缴械投降。

吉恩，这位本地棋王，并不是一位具有崇高道德水准的人。但当他腋下夹着棋盘，用一只手的手指拎着小盒子，吧嗒吧嗒地拖着鞋子回家的时候，他有了足够多的认识：事实上今天失败的是他，是一种如此可怕和最终的失败，因为没有为这次失利报仇雪耻的机会，因为在将来不会再有如此辉煌的战绩能弥补这样一种失败。所以他决定——其实他从来不是个能够作出重大决定的人——与象棋彻底决裂，永远一刀两断。

今后他将像所有其他的退休老人一样玩九柱戏了，一种道德要求较低的不伤人的集体游戏。

梅特尔·米萨尔的遗嘱

陈晓春 译

“米萨尔不停地研究他那些古怪的发现，使他及他所探讨的事情竟最终会在他的脑中聚合为一种体系，换言之，竟会使他近乎疯狂，如果不是因他自己理智的幸运，那些敬重和赞赏他的朋友们的忧伤而光临的死神，用罕见和残酷的生病方式把他从这些想法中解脱出来的话。”

——卢梭《忏悔录》

这儿的几张纸是给我不熟悉的一位读者看的，是给后代看的，这个后代有着看到真相的勇气，也有着承受它的力量。小的鬼怪们会对我的话如躲避火焰般避之不及，我也没有什么讨人喜欢的事可说。我得长话短说，因为我只有很少的时间可活了。就是写下一个句子都要花费我极大的力量，可以说是超过常人的力量。如果不是一种内部的必要性催促我，让我把我的知识和向我展露出来的东西告诉给后代，那么我是不具备这种力量的。

我得的这个病，只有我自己知道真正的病因，这个病被医生们称为全身性肌肉萎缩症，使我的四肢和所有的内部器官处于急剧加重的瘫痪。它逼迫我不分白天黑夜地，背后垫着枕头，直挺挺地坐在我的床上，用左手在放在被子上的写字板——右手已整个儿地不能动弹——上写字。我忠实的仆人，马讷特，为我翻纸，我也已委托他负责处理我的遗物。三周来我只吃流质，最近两天来连咽口水都使我疼痛万分——但我不能停止描述我目前的状况，而是必须用我仅存的力量来描绘我的发现。在此之前简单地介绍一下我本人。

我叫让－雅克·米萨尔，1687 年 3 月 12 日生于日内瓦。我父亲是个鞋匠，与他相反，我从小就从心底里觉得我将属于一个高贵的行当，所以就到金匠那儿当学徒。不几年后，我通过了满师考试，我的试件——简直是对命运的嘲弄！——是一个金色的贝，中央嵌一颗红宝石。两年的漫游期结束时——在漫游期间我看到了阿尔卑斯山和大海以及处于它们之间的辽阔的土地——我被吸引到巴黎，在凡尔德莱街上的梅特尔·朗贝尔开的金店里安顿下来。梅特尔·朗贝尔过早去世后，我就临时代理这个工场，一年后与他的遗孀结了婚，这样就取得了满师考试合格证书，获得了行会权。在接下来的二十多年里，我成功地将这家小金铺扩大为全巴黎最大也是最负盛名的珠宝店。我的顾客来自首都的名门豪宅，来自乡村的富贵人家，来自亲近国王的皇亲国戚。我的戒指、饰针、项链和冠冕被销往荷兰、英国和德意志帝国，有些君王把我的门槛都踏破了。1733年，我亲爱的妻子去世两年后，我被任命为奥里昂大公的宫廷珠宝商。

与我们社会最尊贵显赫的人们打交道，对我精神能力的发挥和我性格的形成不会不产生影响。

我从我可以在场的谈话中学习，从书本中学习，只要有一刻空闲，我就拿起书本来阅读。在这几十年中，我就是用这种方法全面地掌握了有关科学、文学、艺术的知识和拉丁文，因此我虽然没有进过高级中学，也没上过大学，但完全可以大言不惭地称自己是一个博学的人。我出入于各种重要的场合，家中也常有当代的精英光顾：狄德罗[1]，孔狄亚克[2]，达兰贝尔[3]，他们坐在我的厅堂里高谈阔论。我多年来与伏尔泰的通信，人们可以在我的遗物中找到。连腼腆的卢梭也是我的好友之一。

我之所以提这些事情，是为了让我将来的读者——假如有这样的读者——能牢牢记住这些声名显赫的人物。确切地说，我要坚决地驳斥一种指责，当我一旦披露我那些令人难以置信的发现和知识时于我有可能

1 狄德罗（1713—1784），法国启蒙思想家、哲学家、文学家。
2 孔狄亚克（1715—1780），法国启蒙思想家。
3 达兰贝尔（1715—1783），法国数学家、启蒙思想家、哲学家。

产生的指责，说我是个可怜的傻瓜，没有必要去把他说的话当一回事，因为他不具备哲学的思想，也不了解我们这个时代的科学水平。前面提及的伟人可以为我清晰的思想和判断力作证。那些认为我不值得对待的人，我只想对他们说一句话：你是谁，朋友，你怎能无视一个人，他同时代的大人物都尊他为他们的同类啊！

工场的扩大和我生意的拓展，使我成为一位富翁。可年龄越大，金器和宝石对我的诱惑力却越来越小，我越来越看重书籍和科学的力量。所以还在六十岁以前我就决定从商业活动中脱出身来，在远离首都的喧嚣之外，在清闲和富足的环境中度过余生。出于这个目的，我在附近置了一份地产，让人造了一处宽敞的住所，建了一个园子，里面有各种供观赏的灌木、花圃、果树、数条整洁的小石子路和几个小喷泉。这整个儿用结实的黄杨树篱围起来，与外面的世界完全隔绝，它幽静而美丽，对我来说似乎是个极理想的场所，适合于一个想在生活的苦恼和死亡之间再塞进一段安谧和享用时间的人。1742 年 3 月 22 日，在我五十五岁那年，我从巴黎搬到了帕西，住进了这新造的住房。

喔！当我今天回忆起那个春日，内心充满着幸福和喜悦到达的那一天，我是那么的兴奋！当我想起第一个晚上，我上床睡觉，在生命中第一次没有焦心的忧虑，不必担心第二天早晨的繁杂、约定、匆忙和忧愁；伴我进入梦乡的只有我自己园内桤木枝条发出的柔和的飒飒声，我睡的是那么的香甜——躺在枕头上，就是我现在像块石头般坐着的地方！我不知道我该诅咒还是该赞美那个日子。从那以后我就逐渐走下坡路，直到今天这样可悲的状况。但也从那时开始，真理在我面前也一段一段地显露出来，关于我们的生命、我们这个世界、我们整个宇宙的开端、进程和结局的真理。真理的面容是可怕的，看它一眼就像看到美杜莎的头，立刻会有致命的危险。可只要有一次偶尔或通过不倦的寻觅找到过通向它的路，那就必须把那条路走到底，尽管因此对他来说不再有安稳和慰藉，也没有任何人向他表示感谢。

说到这儿，陌生的读者，我先打住，在你继续读下去以前，我得考考你！你是否足够坚强，能够承受可怕的东西？我要告诉你的，是一些闻所未闻的事情，如果我一旦打开你的眼睛，你就会看到一个新的世界，而那个旧世界你就不再能看到了。但这个新世界将是丑陋的，折磨人的，压抑的。不要指望会留给你任何希望、任何出路或是安慰。唯一的安慰，那就是你现在知道真理了，这个真理是终极真理。不要继续往下读，如果你害怕真理的话！把这几页纸扔开，如果终局使你害怕的话！避开我说的话，如果你更爱你的内心平静！无知并不丢脸，它对大多数人来说是种幸福。确实是这样，它是这个世界上唯一可能的幸福。不要轻易把它扔掉！

现在我要给你讲你永远不再会忘记的东西，因为在它在我面前展现以前，你像我所知道的那样，在内心深处也早已知道。我们只是抗拒着，不愿承认，不愿把它说出来：世界，我说，是一个残忍的合上的贝。

你反对这种说法？你反对这一观点？这不奇怪，因为步子太大了些。你不能一步到达。陈旧的雾气过于浓厚，单凭一道强光不能将它驱散，我们必须点燃一百个小火球。我就是想如此这般地继续讲述我的故事，这样慢慢地让你分享我曾经历过的亮光。

我已提起过那围绕着我新住宅的园子，事实上那是个小公园，里面虽然也有众多名贵的花卉、灌木和树木，但是我主要是让人给栽种了玫瑰，因为盛开的玫瑰向来都给我留下平和与慰藉的印象。在规划园子时我放手让他去干的园艺工人，也在我朝西的客厅前辟了一溜宽阔的玫瑰花坛。这个乖巧的人想以此来博得我的好感，但他不会想到的是，尽管我喜欢看玫瑰，但是却不爱它们，更不能容忍被它们纠缠和被盛开着的它们所包围。他同样不会猜到的是，随着这花坛的修筑，人类历史上一个新的、同时也是最后的时期将开始。这些玫瑰不知怎么了，它们无论如何也不愿意开放。灌木也是那么矮小，尽管不停地浇水，有些已枯萎了。当园内其他地方的花争妍斗艳时，客厅前的玫瑰还没绽出花蕾。我与园丁说起此事，他也无计可施，只能把整个花坛来了个底朝天，换上新鲜的泥土，再把玫瑰重新栽上。我觉得这过程太繁琐，也因为我内心从没对近旁的玫瑰有过好感，所以我思忖着整个花坛让它空着，在它所在的位置建一个小平台，从上面，走出客厅，可以浏览整个园子的景色，傍晚还可欣赏美丽的落日。这个念头抓住了我，以致我决定自己动手来干这件事。

我开始剪去玫瑰的主茎，挖去土层，以便接下来填上小石子和沙，作为平台的基础。但没挖几锹就挖不到松土了，而是碰着了一个极硬的白色土层，锹很难挖得动它。我取来一把锄头锄松那异样的白色石块。它在我的敲击下裂开了，碎成一个个小块，随着扬起的锄头掉落在一边。由于恼怒多出来这么多事情要我去做，所以我对这新的石块并没有显示出矿物方面的兴趣，一直到我看到我要把刚挖出的满满一锹使劲往远处扔那一瞬间为止。我看到锹头上有一个拳头般大小的石块，在它的边上似乎粘着一个按规则形成的物体。我放下铁锹，把石块拿在手里，使我极为惊讶的是，石块旁那有规则的形成物是一个石化了的贝。我随即停下手中的活，进屋去研究我的这一发现。石块旁的贝好像与石块紧密地长在一起了，连颜色也很难和它区分，由于它那扇子般张开的、这儿低陷那儿隆起的斑纹，使其更突出白色、黄色和灰色之间的交替辉映。这个贝有一个金路易大小，它的外表与我们在诺曼底和布列塔尼海滩上捡到的贝一模一样，常常被作为备受欢迎的碟子出现在我们的午餐桌上。当我拿了一把刀在贝的侧面刮动时，刮断了它壳上的一个小角，仔细一看，这一断裂处与任何一个石块的断裂处没什么两样。我在一个研钵里将那断裂的贝角研碎，在另一个研钵里研碎了从一块石头上敲下的碎片，两次研碎后我得到的都是灰白色的粉，加入几滴水搅拌，就变成用来粉刷墙壁的那种颜色。贝和石块由同一种物质组成——这一今天仍令我战栗的发现所具有的巨大影响，当时我根本没有意识到。我过于沉醉于我的发掘物有可能是独一无二的想法，我过于相信大自然意外的变幻无常，我也不能作出其他的想象，不过没多久这一情况就会发生变化。

我对我的贝作了一番彻底的研究后，我又走回玫瑰花坛，想看一看是否还能找到些什么。我不必花费很长时间。我每用锄头锄一下，每用铁锹铲一下，都会带出石化了的贝。因为我现在看得真切，所以在原先只能看到石块和沙的地方发现了一个又一个贝。在半个小时里，我一共数到了近一百块，后来我就不再数了，因为我眼睛顾不过来了。

心中积满了我不敢承认的一种模糊的猜测，你内心肯定也已萌生了这种猜想，陌生的读者，我拿着铁锹走到园子的另一端，在那儿挖起来。起初我只看到泥土和黏土，但挖下去半米时我碰着了贝石。我到第三个、第四个、第五个和第六个地方挖，处处——有时只须挖下半锹，有时在很深处——都找到贝，找到贝石，找到贝沙。

在接下来的几天和几周里，我到附近的地方游览去了。我先是在帕西挖，然后在布洛涅和凡尔赛挖，最后我在整个巴黎进行了系统性的挖掘，从圣·克卢德到万森，从让蒂利到蒙莫朗西，没有一次是空手而回的。如果我找不到贝，我会找到和它们材料相同的沙和石块。在塞纳河和马恩河的河床上，有大量的贝躺在砾石滩的表层，可我在夏雷时，挖了一个五米深的坑，才发现了贝，在我挖掘时，一个看守那儿难民营的人一直疑惑地盯着我看。我从每一个挖掘的地方都拿上几个贝和几个位于它们周围的石块样品，把它们带回家中，对它们进行仔细研究。每次研究的结果都与我研究第一个贝相同。我所收集的各种各样的贝只是大小不同，撇开它们的外形不看，和与它们共生的石块也无任何两样。我考证和研究的结果现在向我提出了两个基本性问题，它们的答案我既急于知道又害怕知道：

第一个问题：贝石在地底下分布的面积有多大？

第二个问题：贝类是怎样形成的，为什么会形成？

换句话说：是什么东西促使一块无定形的、肯定是极为偶然形成的石头，具有像贝一样的异乎寻常的极富艺术的形状？

我陌生的读者，请不要在此处打断我的话题，对我大声呼叫：伟大的亚里士多德早已研究过这些问题，贝石的存在既非奇特也非惊喜的发现，而是几千年来就为人类所熟知的现象。对此我只能回答：不要急，我的朋友，耐性点儿！

我决不想宣称，我是发现石化贝类的第一人，每一个睁着眼睛在野外走动的人，都曾看到过一个贝。只是并不是每个人都思考过，更没有人像我这样如此执着地对这一现象进行深思。自然我过去、现在都读过希腊哲学家关于我们这个星球、大陆和地貌形成的著作，书中也谈到了石化贝类。在我完成了我研究工作中的实践部分后，我让人从巴黎给我找来一本书，希望从那本书里找到有关贝类的哪怕是一丁点儿的说明。我翻阅了关于宇宙生物学、地质学、矿物学、气象学、天体学和所有相关领域的全部著作，我拜读了对贝类说过什么的所有作者的著述，从亚里士多德到大阿尔伯特[1]，从泰奥弗拉托斯[2]到格罗斯泰斯特[3]，从阿维森纳[4]到莱奥纳多·达·芬奇。

现在可以看出来的是，这些大师尽管有着关于贝类存在的足够知识，关于它们的形状、外表和分布等等，但如果涉及到讲清贝的由来，最最深处的本质和最初的定义等问题，他们就一个个抓瞎了。

1 格罗斯泰斯特（约 1175—1253），当时英国林肯地区有影响的主教和学者。
2 泰奥弗拉托斯（约公元前372—约前287），古希腊逍遥学派哲学家、亚里士多德的学生。
3 格罗斯泰斯特（约 1175—1253），当时英国林肯地区有影响的主教和学者。
4 阿维森纳（980—1037），穆斯林哲学科学家中最有影响的波斯人。

在阅读了书籍以后，至少我能回答贝化程度这个问题了。要想知道天空是蓝的，用不着去乘船周游世界，根据这一公理，我可以推断，只要有人挖洞去寻找贝类，那地方就肯定有贝类。

我不仅阅读欧洲和遥远亚洲的关于发掘贝的书籍，阅读从最高的山峰上和最深的河谷里找寻到的贝类的情况，而且阅读从北美和南美新发现大陆上挖掘到的贝白垩、贝沙、贝石和成形的贝的情况。通过这些书，我在巴黎发掘时所担心的东西得到了证实，那就是我们整个星球都为贝类和类似贝类的物质挖空了。我们看作我们地球本来形状的东西，草地和森林、湖泊和海洋、园林、农田、荒地和肥沃的土地，所有这一切，不过是包在一个脆弱核心外的让人喜欢的薄薄的大衣。如果我们掀去这件薄大衣，那么我们的星球看上去就像一个灰白色的球，是一个由无数金路易大小的石化贝组成和连生的球。在这样一个星球上本来是不可能有生命的。

我们可以把地球主要是由贝类组成的发现看作是无关紧要的怪事，如果这儿涉及的仅仅是不可改变和已经结束的一种状态。可惜这儿不是这种情况。要对我广泛研究的细节详加叙述，我是没有时间了，我的研究表明，地球的贝化是一个迅速发展的、不可阻挡的变化过程。在我们今日，世界的地幔处处已经磨损和龟裂。许多地方已被贝壳状的物质所啃坏和咬破。比如我们从先辈处可以读到，西西里岛，非洲的北海岸，伊比利亚半岛，当时被誉为世界上最幸福和富饶的地区，可今天这些地方，像大家所知道的那样，除少数例外，只为灰尘、沙子和石块所覆盖，无非就是贝类形成的最初阶段。这种情景适合阿拉伯的大多数地区，非洲的北半部，就像我们从最新的报道中所了解的那样，也适合完全无法一目了然的美洲地区。就是在我们自己的国家里，我们一向视它为所有国家中最为优秀的国家，也可以找到持续贝化的证据。比如在普罗旺斯西部和南部的部分地区，地幔已减少成一指厚。总的说来，地表已贝化了的面积大大超过了欧洲的面积。

贝类和贝类物质不可阻挡地增多，其原因在于水循环的不可阻止性。因为无论是通常在海中生活的贝还是石化了的贝，水都是它们的紧密盟友，简直就是它们的生存要素。正像每个受过教育的人所知道的那样，水是循环不止的，当它受到阳光的照射时，它就升腾到海的上方，聚积成云彩，被风吹到很远的地方，在田野的上方散开来，再以雨水的形式落到地面上。在那儿它浸透土地并深入到最最细小的表层，然后再聚集积成水源和涓涓细流，汇合成溪流和江河，最后又归于大海。水是在渗透到土地这个阶段对贝的形成产生严重影响的。在渗透的过程中，水慢慢地将土分开，有规律地将其分解，再把它冲开，这样水就渗漏到很深的地方，直到接近贝石层为止，水再在那儿把从土壤中所取得的、对贝类形成十分必要的物质供给贝石。就这样，随着贝石层不断地增厚，地幔变得越来越薄。将普通的井水放在壶中煮开，就可以证实我的这一发现。水煮开后，壶底和壶壁会产生白色的附着物，长期用来煮水的壶中，这种附着物会变成厚厚一层水垢，把这层水垢铲下来，放到一个研钵捣碎，这样就得到研碎石化贝时同样的粉末，相反，如果用雨水作同样的试验，却不会生成附着物。

我陌生的读者现在能理解地球所处于的绝望境地了。水，离开它我们一天也不能生存的水，破坏着我们的生存基础，地球，做着我们可恶的敌人、石化的贝的帮凶。地球，这个提供我们生存的物质，成为与我们的生存作对的、石头状的、同时也是不可避免的、不可收回的物质，就像多种旺盛形式的变形演变成唯一的一种贝类形式。所以对世界的末日我们不要抱有错误的想法，这只会形成彻底的贝化，而这是确实无疑的，就如太阳升起和降落，就像大雾升腾和雨水下落。有关地球结局的详细情况，我待一会儿再说。首先我得对付人们提出的不同看法，对此我是完全理解的。因为没有人愿意看可怕的东西，恐惧会编造无数个疑虑和异议。仅仅只有哲学家才可以承认真理。

我已经简短地提及，如果关系到解释贝类现象，我们最最爱戴的哲学家是多么可怜地毫无作用。有些人轻描淡写地宣称，贝类不过是大自然的偶然游戏而已，它只是一时兴起，也不知是什么原因，要赋予石块以贝类的形式。对每一个理智的人来说，这种主要由意大利作家时至今日仍在传播的肤浅而且随意的解释，是这样的可笑和不科学，所以我就不再对此一一赘述。

需认真对待的看法，也是由伟大的哲学家们发表的，他们说，整个地球在史前时代是被海洋所遮没的，海水退去时就处处留下了还活着的贝。为了证实他们的说法，一位学者援引了《圣经》中大洪水的描述，是的，《圣经》中确实写过，整个地球直到那些最高的山脉都被洪水淹没了。这种说明尽管对一位天真的英才似乎是那么的清晰明了，可我作为一名知情者必须对这种解释作出有力的抵制。在摩西的书中我们可以知道，整个地球被洪水所淹的时间长达370天，山峰——上面的贝类并不比平地上的少！——被淹的时间正好150天。这我要问了，被淹的时间这么短怎么会留下我们今天所见到的如此多的贝？此外几千年前大洪水退去时留下的贝类早就为自然气候所磨损，被磨成了风沙。即使是它们以难以解释的方式贮放在一起，但也无人能够解释，为什么它们如我们所看到的那样在不断地增多。由此看来，有关贝类的所有解释和说明，除了我的解释，都是缺乏根据的。

至此我们已经认识到，我们地球的外观形状面临着无数物质成为贝类物质的持续变化。人们很容易有这样的猜想，即贝化是个普遍原则，不仅是地球的外部形状，而且所有的人间生活，地球上、宇宙间的每一个事物和生物，都服从于这一准则。

用望远镜看一下，就足以使我相信，我们在宇宙中最近的邻居，月亮，恰恰是宇宙贝化的一个典型例子。只是它已到达了地球即将面临的阶段，即所有物质成为贝类物质的变化已告彻底完成的阶段。尽管有些天文学家，甚至在宫廷，都宣称月亮是一个景色宜人的星球，上面有树木繁茂的丘陵，平缓的草地，浩瀚的湖泊和大海。可它实际上什么也没有。那些外行所说的海洋，是辽阔的贝类沙漠，他们在地图上标出来的山脉，是由贝石构成的荒凉高坡。其他的天体也是同样的情况。

有着敏锐头脑和高倍望远镜的后代们，会说我是正确的。

比宇宙贝化更为可怕的，是我们自己的身体正在不断地衰败成贝类物质。这种衰败是如此猛烈，使每个人都不可避免地归于死亡。人在出生的时候，如果我可以这样说的话，只是一小团黏液，尽管它小，却完全不含贝类物质，而当他在子宫里发育时，就形成了这种物质的附着物。刚生下来时，这些附着物还很软，极柔韧，我们从新生儿的头部可以判断出这一点。但没过多少时间，这小小肢体的骨化，头颅因坚硬的石形外壳而在四周形成硬壁和被夹紧的过程发展得如此之快，使得孩子很快就具有一比较僵硬的形体。父母们这时才把他看作是一个正常的人并为之而欢呼。他们不知道，他们的孩子，还在学会走路以前，就已经受到贝的侵害，只是在踉踉跄跄地走向肯定会来到的那个结局。不过，孩子是处于一个令人羡慕的状态，如果将他与一个老年人相比较的话。人变老时，人的石化表现得尤其明显：他的皮肤变得粗糙，头发缺少弹性，头颅钙化，身子开始伛偻，整个身体弯曲着，顺应着贝的内部结构，最终成为一堆可怜的贝石，掉进坟墓。到此事情还未完结。因为有水从天空降落下来，水滴渗入土壤，水将他啃碎，将他分割成微小的细粒，再把这些细粒向下带至贝石层，在那儿，他才以众所周知的石贝形式找到他的最终安息之地。

如果有人就此问题指责我，说我是在胡言乱语，说的事情缺乏证据，那我只是要问：你自己没有发现，你的骨头在一年一年硬化，动作越来越迟缓，你的身体和灵魂在越来越干涸？你不记得，当你是孩子时，跳啊，转啊，弯腰踢腿啊，一天摔倒十次，马上又爬起来十次，像是什么也没发生一样？你不再想起你粉嫩的皮肤、光滑而发达的肌肉、柔顺却难以抑制的青春活力？可现在来看一下你自己！你的皮肤布满皱纹，你的脸因爱嘟囔而留下道道凹痕，因内心的操劳而消瘦，你的身体僵硬，迟钝，每动一下都要花很大的劲，每走一步都要狠下决心，时时刻刻都在提心吊胆，怕摔倒在地上，像一个晾干了的陶罐，碎成千百个碎片。你没有感受到它的存在？你没感觉到藏在每根纤维中的它，你体内的贝类？你没发现它正在向你的心脏靠拢？它已对你的心脏形成了半圆形的包围。谁否认这点，谁就是一个说谎的人！

我自己可能就是受贝类影响最大也是最悲哀的例子。尽管我多年来一直喝雨水，为的是尽可能地减缓贝类物质的增加，可恰恰是我受到最最猛烈的进攻。当我前几天开始动笔写遗嘱时，还能凑合着活动我的左手，可现在手指已石化得不再能把笔从手中放下。因为绝对禁止口授我的看法，而说话又会给我带来极大的痛苦，所以我现在只得依靠整个手臂的推拉用手腕写字。恰恰是我的贝化速度异乎寻常地快，这倒不是偶然现象。我和贝类打交道的时间太长，我知道它们的秘密太多，以致它们不想在众目睽睽之下给我一个特别残忍的结局，因为虽然贝类的权力仍然未受伤害，但它依然是个秘密，它们爱虚荣、喜报复，费尽心机地要保护这个秘密。

你会感到惊讶，我陌生的读者，当你在听我把贝这个看起来无生命的、与石头一般的形成物称作生物，而且能与一个特定的人发生特殊的关系，为的是对他施行报复。所以我将带你进入贝类最后一个也是最最令人难以置信的秘密中去，自然得冒着和我有着相同结局的危险。

还在与贝类打交道以前，我就给自己提出过这个问题，为什么一个由贝类物质组成的石块会具有贝的形状，而不是其他什么形状。哲学家们在回答这个关键性问题时，仍然把我们抛在了一边。只是在阿拉伯人阿维森纳那儿我们得到了一个“石块形成力”的提示，可这种力量来自何处，为什么以特定的，与贝有关的方式表现出来，对此他也不能给我们以回答。与此相反，我倒很快地相信，在这无所不包的贝化背后，不是有着一个随便什么力量，而肯定有一个完全是推动世界的力量，这个力量听从于一个唯一的最高意志。我相信肯定有这么个最高意志存在，因为我看到了它从石化贝类的流出，但我很难想象这个表达这种意志的生物是什么样子。这个扼杀我们每一个人，让世界变成荒漠，把天空和大地变为石化了的贝类海洋的东西，到底是怎么样的一种生物呢？

我思索了多年。我把我关在自己的书房里冥思苦想，我外出，到大自然中去，去寻找答案。但这一切都是徒劳。最终我想承认，我曾恳求那陌生的生物，向我展现一下庐山真面目，我向它发过誓，我曾诅咒过它。但什么也没有发生。我的思绪像多年前一样，仍在同样的轨道上转圈，生活仍是那样的在折磨人。我已开始在想，这个可怜的米萨尔，在没有见识那最后的真理，这展现在他面前的人类剩余物之前，就得到下面去和贝类汇合了。

可后来发生了唯一的一桩事，现在我就来讲给大家听。我讲得不好，是因为这件事发生在一个范围内，这个范围在一定程度上在词的范围之上或者说在词的范围之外。我这就试着讲，讲那些可以讲的，讲那些难以描述的东西对我产生的影响。我讲得是否通俗易懂，在很大程度上取决于你，我陌生的读者，到目前为止仍一直跟随着我的你。我知道，只要你想懂得我，那你就会懂得我。

事情发生在一年前初夏的一天。那天天气很好，园子里百花盛开，玫瑰的芬芳伴随着我在园中散步，小鸟在竞相鸣叫，好像它们要让全世界都相信它们永远存在，这个夏天并不是贝类来临以前它们的最后一个夏天。大概已是中午时分，因为阳光似乎极为强烈。我坐到一棵苹果树半影中的长凳上，想休息一会。我听到远处有喷泉发出的潺潺流水声，我因疲倦闭上了双眼。此时，我突然觉得喷泉的潺潺流水声变响了，变成了响亮的哗哗声。然后事情就发生了。我被从我的园子中抬起，抬到了一个阴暗处。我不知道我身在何处，只是为黑暗所包围，为奇怪的汩汩声、哗哗声以及嚓嚓声和碾磨声所包围。这两个声音组合——水的流动声和石块的嚓嚓声——使我在那个瞬间觉得是这个世界的创世声响，如果允许我这么说的话。当我的恐惧达到顶点时，我开始往下落，声响也离我远去，随后我跌出了黑暗。我一下子为众多的阳光所包围，以致我觉得我的眼要瞎了。我继续在阳光中往下落，离开那黑暗的处所，现在我认定那是位于我头顶上方的一个非同寻常的黑色物体。我越往下掉，看那物体就越清楚，它的体积也就越大。最后我才知道，那位于我上方的黑色物体是一个贝。此时那物体裂成两个部分，像一只巨大的鸟张开它两个黑色的翅膀，两个贝壳罩住了整个宇宙，然后朝我落将下来，罩住了世界，罩住了所有的东西和阳光，把它们罩在身子底下。完全是夜晚了，还剩下的唯一的东西，就是碾磨声和哗哗的流水声了。

园艺工人在砾石路上找到了我。先前我试着从长凳上坐起来，但因体力不支竟摔倒在地上。人们把我抬进屋去，把我放到床上，从此以后我就没能起来过。我是如此的虚弱，连大夫都为我的生命担忧起来。三个星期后，才勉勉强强有所恢复。只是从那天起，我的胃开始一阵阵揪心的疼痛，痛得一天比一天厉害，而且不断地向身体的其他部分扩展。这就是贝类病，在我身上典型地发作了，它以特别残忍的方式和飞快的速度袭击我，是要嘉奖我是在其他人之前看到过贝类的第一人。我得为我的突然醒悟付出惨痛的代价，但我愿意支付这个代价，因为我现在知道所有问题的最终答案。那吸引一切生命并导致它们消亡的力量，那统治宇宙并逼迫其贝化作为自己无所不在和无所不能的象征的最高意志，是来自一个巨大的原始贝，我曾在它的内部呆了一会后被允许离开，是为了一睹它的庞大和惊艳的美丽。我所看到的是未来的世界末日。如果世界进一步贝化，以致每个人都必须认识到它的威力，如果无助和惊恐的人们向诸神呼喊，乞求它们的帮助和解救，那么巨型贝的唯一回答将是张开它的翅膀，用它们罩住世界，把所有的一切压碎。

现在我已把一切都告诉你了，我陌生的读者，我再说些什么呢？我该怎样安慰你呢？我该像那些哲学家和预言家那样，胡扯什么灵魂不死、上帝的怜悯和生命的再生？我该称贝类为善良的上帝？我该在崇拜了耶和华和真主后崇拜贝类，预告人类将获得拯救？出于什么目的？为什么要撒谎？人们说，人活着不能没有希望。现在他没活着，而是死了。就我而言，我感到我已熬不过这个晚上，在我的这最后一个晚上，我将不再撒谎。我一身轻松，因为我终于来到了死亡的身边。而你，我可怜的朋友，你正身陷其中呢。

米萨尔先生的仆人、克洛德·马纳特的追记

今天，1753年8月30日，我慈善的主人、梅特尔·米萨尔，离开了人世，享年六十六岁。我发现他时，是在清晨，他以通常的姿态坐在他的床上。我不能将他的两眼合上，因为他的眼睑动弹不了了。当我想把笔从他手中拿开时，我主人左手的食指像玻璃般破碎了。为死者更衣的人花了好大的劲才给他穿上寿衣，因为我的主人在通常的尸僵后仍不想放弃他僵硬的坐姿。普罗科佩博士、我主人的好友兼医生，也一筹莫展，

只能让人做一个直角棺材。在九月份的第一天，我的主人在送葬者的惊愕中，被安葬在帕西公墓一个直角形的墓穴里，不过在埋上土后在上面铺上了一千枝玫瑰。愿上帝保佑他的灵魂！

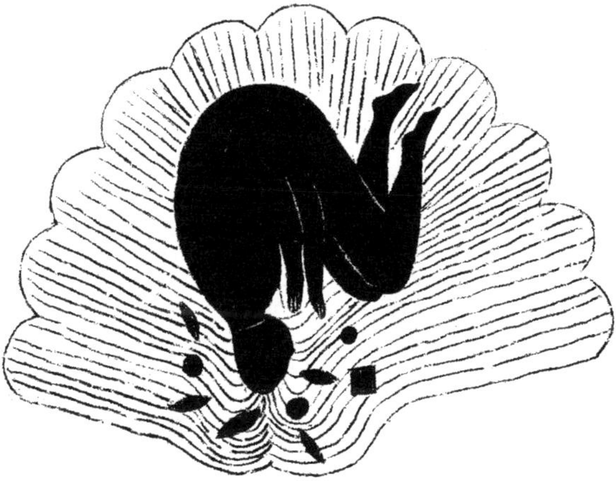

……一点思考——记忆缺损

陈晓春 译

……什么问题？哦，是这个问题：哪一本书给我留下过深刻印象，深深地打动过我，在我身上留下过印记，伤害过我，甚至使我“走上一条道”或是让我“走上了邪路”？

可这听起来像是被人打后受了惊吓，经受了一次创伤。受害者至多只是在噩梦里回想起这一伤痛，而不是在清醒时，更不会用笔录下来或在公众场合说出来，但我依稀记得一位奥地利的心理学家，曾睿智地谈到这点。不过我一时想不起来他叫什么名字了，他是在一篇值得一读的文章里谈及这点的，文章的标题我肯定是记不清楚了，但它是刊登在一本小册子里的，那本册子的书名叫《我和你》，或是《它和我们》，或是《我自己》或是类似的标题（是否最近在Rowohlt，Fischer，dtv或Suhrkamp出版社再版了，我不是很清楚，但我记得封面如果不是灰—蓝—淡绿的话，那就是绿—白或是淡蓝—淡黄颜色）。

现在看来，或许要问的根本不是阅读中是否受到过精神方面的创伤，而更可能的是让人深刻醒悟的艺术经历。就像那首著名的诗歌《美丽的阿波罗》……不，我记得那首诗不叫《美丽的阿波罗》，是另外一个什么名字，那个标题有些远古的味道，叫做《一尊未完成的年轻人雕像》或《远古时期的美丽阿波罗》或者类似的标题，但这些都无关大局……——在这首某某人的诗歌里是怎样——此刻我想不起他的名字来了，但他确是一位遐迩闻名的诗人，双眼炯炯有神，蓄着大髭须，他给那位胖胖的法国雕塑家在法雷纳大街找了套住房——说是住房，这样的表达不确切，那是一座宫殿，带有一个公园，从这一头走到那一头十分钟都不够！（人们顺便要问了，那时候的人哪里来这么多的钱来支付这一切）——就像它无论如何在这首美妙的诗歌里找到表达方式那样，我虽不再能援引整首诗，但它的最后一行却像一种经常性的道义上的鞭策深深地镌刻在我的脑海之中。它是这样的：“你必须改变你的生活。”如果我可以说有些书的文章改变了我的生活，那这些书的情况又如何呢？为了弄清这个问题，我来到我的书架旁（这是最近几天的事），沿着书脊一本一本地看。就像在类似情况下常发生的一样——如果由一个单本直至许多本都集中到一个点上后，眼睛也就顾不过来了——我先是眼花，为了不让眼睛发花，我随意地将手伸进书柜，取出一本书来。就如得到一个猎物一样，我马上转过身去，打开书，入迷地读起来。

我即刻发现，我这一取取得好，甚至是非常之好。这是一篇字斟句酌的散文，思路极为清晰，穿插着许多最最有趣的、本人闻所未闻的信息和不可思议的惊喜——遗憾的是因为我在写这篇东西，不想把书名说出来，也不想说出作者的姓名和它的内容。但这会像马上就要看到的那样，是无关紧要的，或者更确切地说：相反，这样做有助于搞清问题。像前面所说的那样，我手上捧的是一本出色的书，读每句话都会有收获。我一边读一边摇晃着走向我的椅子，一边读一边坐下去，在读的时候，我忘记了我为什么要读？我在这儿一页一页地找寻的是否只是一心一意地渴望读到些趣闻和新鲜事？文章中这儿或那儿划的线，用铅笔在边上潦草地涂写的感叹号——前面一位读者留下的痕迹，我通常是不赞成在书里这么划的——此时却没令我讨厌，因为讲述是这般生动，字字像珠子般晶莹剔透，以致我不再注意到铅笔痕迹的存在，如果我也偶尔这样做，那就是持赞同的态度，因为可以看得出来，先于我读这本书的人——谁读过这本书，我确是一无所知——我说，可以看出来，他划线和写感叹号的地方，恰好也是最最令我激动的地方。文章的绚丽，与一位不曾谋面的前人心灵相通的哥们义气，双倍地激励着我继续读下去，越来越深地潜入那虚构的世界，带着越来越大的惊喜踏上那作者在前面引路的美不胜收的小径。

一直来到一个场所，可能是整篇叙述的高潮所在，诱使我大喊一声“啊！”的地方。“啊，构思得真好！说得真好！”我把眼睛闭上一会儿，细细回味着刚读过的东西，它们像一条林间小道，把我从思路的混乱中引导出来，向我展示了全新的前景，给我注入了新的知识和新的联想，确实像“你必须改变你的生活！”那根锋利的刺一样刺中了我。我的手不由自主地拿起了铅笔，“你必须写些什么，”我想，“你该在边上写上‘很好’，在后面画上一个又粗又黑的感叹号，并用几个提纲挈领的词描绘一下由那个章节引发的如潮的心境，作为你记忆的支柱，作为你对作者表达的敬意，他是如此出色地一路为你提灯照路的呀！”

啊呀！当我拿着铅笔，要往那页上写“很好！”时，那儿却已经写上了“很好！”的字样。还有那我准备写上的提纲挈领般的结论，先我读过这本书的人也已经写在上面了。不过他的字体我觉得挺眼熟，它竟然是我自己的笔迹，因为那位前人不是其他人，而是我本人。我早就读过这本书。

一股不可名状的悲哀向我袭来。我又旧病复发了：记忆缺损症，对文学的记忆完全消失。试图获得知识的所有努力，所有的追求均告失败的绝望之情，如洪水般吞噬了我。为什么要读书，为什么要把这本书再读一遍，如果我明明白白地知道，没过多长时间它会在记忆中踪影全无？为什么还要去做些什么，如果所有的一切会化为乌有？为什么要活着，如果人最终要死去？我合上那本精彩的小册子，立起身来，像个被击倒者，像个被殴打的人，拖着双腿，缓缓地走回书架，把它插入那排不知作者姓名的、数量众多的但被人遗忘的其他书籍之间。

我的目光停在了搁板的尽头。那儿有些什么书呢？喔，对了，是三本有关亚历山大大帝的传记，以前我都读过。那么我现在对亚历山大大帝知道多少呢？一无所知。搁板的另一头是关于三十年战争的多卷本，其中五百页是写维朗妮卡·韦奇伍德的，一千页是写华伦斯坦的，均出自戈罗·曼，我都仔仔细细地拜读过。我对三十年战争了解多少呢？一无所知。书架的下一格从头到尾塞满了有关巴伐利亚国王路德维希二世和他那个时代的书籍，我不仅看了这些书，而且是认认真真读了，读了整整一年时间哪，看完后我还写了三部剧本，我差一点成了路德维希二世专家。可现在我又知道多少有关路德维希二世和他那个时代的情况呢？一无所知。真正的一无所知。那好吧，我想，彻底忘掉路德维希二世或许还说得过去。但那边的书呢，那些在写字桌边，在精致的文学书籍柜里的书呢？十五卷的《安德施全集》有什么还留在我的记忆里呢？一片空白。伯尔、瓦尔泽和克彭的书呢？一片空白。汉德克的十卷本？有那么一点印象。我对斯特恩的《项狄传》、卢梭的《忏悔录》和佐伊默的《散步》还知道些什么呢？一点也没有，一点也没有，一点也没有。——可那边！莎士比亚的喜剧！去年才把它们全部读完。肯定还记得什么，会有一些模糊的印象，记得一个书名，莎士比亚唯一一部喜剧的名字！可什么也想不起来了。——我的天哪，至少还记得歌德吧。

那边的歌德，比如这儿的白封面小册子：《亲合力》，这本书我至少读了三遍——可也一点印象都没有了。所有一切都突然消失了。那么世界上就不再有我还能想得起来的书了？那儿的两本红封面的书，带有红绸带的厚书，我肯定还知道它们。它们看上去就挺熟悉的，像家中的旧家具。我读过它们，我徜徉在这两本书里好几个星期呢，这是不久前的事儿。它们是什么呢，书名是什么呢？《鬼》，哦，啊哈，有意思。——那作者呢？F. M. 陀思妥耶夫斯基。嗯，是他。我觉得，我模模糊糊地记得：整个故事，我想，是发生在十九世纪，在第二卷里有个人用手枪自杀了，更多的我就说不上了。

我坐到我写字桌后的椅子上。真丢脸哪，闻所未闻的耻辱。三十年来我就能读书，尽管不是很多，但毕竟也读了些书，可留在记忆中的，只是那么一丁点儿的东西，只是知道那上千页厚的小说的第二卷里有个什么人用手枪自杀了。三十年白读了！我孩提时代、青年时期和成年后的那几千个小时，都是在读书中度过的，可读的东西什么都没记住，而是忘了个精光。这种糟糕的状况不是在减弱，相反，却是更加恶化。如果我现在读一本书，还没有把它读完，就已经忘掉了开头。有时，我的记忆力还不够记住一页上的内容。因此我就这样从这一段到那一段、从这个句子到下一个句子往下读，可一会儿我只能记住从一篇越来越陌生的文章的黑暗中蜂拥出来的个别的词了，它们在被读的瞬间像颗颗流星闪烁，可一会儿又消失在被彻底忘却的黑沉沉的忘川河里。在文学讨论中，我已经好长时间开不了口了，因为我一开口就极其尴尬地出洋相，我把默里克说成霍夫曼斯塔尔，把里尔克说成是荷尔德林，把贝克特说成是乔伊斯，把伊塔罗·加尔维诺说成是伊塔罗·斯威沃，把波德莱尔说成是肖邦，把乔治·桑说成是斯塔尔夫人等等。如果我要寻找一段已记不清楚的引文，我会查上个几天，因为我忘了作者的姓名，因为我在素昧平生的作者们的陌生文章中查找时失去了自我，直到最后忘了我究竟是要寻找些什么。在精神如此错乱的情况下，我怎能回答哪一本书改变了我生活的问题呢？没有哪一本书？所有的书？某一本书？——我不知道我怎样回答。

但是或许——为了安慰我自己，我这样想，或许在阅读时（就像在生活中那样）方向的确定和突然的改变并不是什么大不了的事情。或许阅读更是一种浸染的行为，在这个过程中，人的意识虽然被完完全全地彻底浸泡了，但只是以不为人所注意的渗透方式，以致没有察觉到其过程。那个患有记忆缺损症的读者发生变化很有可能是那些读物的缘故，但他没有意识到这点，因为在阅读时他头脑里的那些批判性部门也一道在起着变化，它们会告诉他，他在变化着。对那些自己写作的人来说，这种毛病可能更是一桩幸事，甚至是一种必要的条件，它保护他免遭使人瘫痪的敬畏，每部伟大的文学作品都是会引发这种敬畏的，但它设法让他与剽窃建立一种毫不复杂的关系，而不剽窃是无法写出佳作美文来的。

我知道，这是一种安慰，它产生于困境，有失身分并且是牵强的。我试着去摆脱这一切：你不可以屈从于这可怕的缺损症，我想，你必须使出浑身解数，与忘川之河里的急流作番争斗，你不能再匆匆忙忙地一头钻进文章中去，而是要头脑清醒，以批判的目光凌驾其上，必须做摘录，回忆，进行记忆训练——简而言之：你必须——我在这儿摘引一首著名的诗歌，它的作者和诗的标题此刻我想不起来，但这首诗的最后一行作为经常性的道义上的鞭策深深地刻入我的记忆之中：“你必须”，那儿是这样写的，“你必须……你必须……”

太笨了！此时我忘记了原文里的字句。但这无关紧要，因为它的意思是完全在我脑海中的。它好像是：“你必须改变你的生活！”

译后记

蔡鸿君 译

1986 年初，笔者进入中国社会科学院外国文学研究所，在《世界文学》编辑部负责德语文学部分。当时，国内的外国文学界，尤其是搞德语文学的，基本上是把主要精力放在外国古典文学和经典作品上，对国外的最新创作动向关注较少。为了能够在《世界文学》上较快较多地反映德语文坛现状，笔者花了大量精力翻阅了八十年代初以来的德文报刊。一本名叫《香水》（Das

Parfürm）的长篇小说十分引人注目。它出版于1985年，这一年联邦德国文坛十分活跃，许多著名作家出版了新作，例如海因里希·伯尔的《河边风光前的女士们》、西格弗里德·伦茨的《练兵场》、马丁·瓦尔泽的《激浪》、君特·瓦尔拉夫的《最底层》等。但是，在德国的文学畅销书排行榜上，《香水》作为名不见经传的年轻作家帕特里克·聚斯金德的第一部小说，竟然长期位居榜首。在不到两年的时间里，德文版就售出了60万册，卖了二十多个外国版权，非德文版的总印数也超过了180万册。

笔者查阅了当时在社科院文献中心能够看到的所有德文报刊，收集了许多评论文章，因为通过外文所图书馆订购的原版书还没有到，就将德国杂志上预先选登的该书全文复印装订成册。根据收集的材料，笔者写成了《联邦德国青年作家帕·聚斯金德》一文，发表在《外国文学动态》1987年第8期上。这是我国首次介绍《香水》和它的作者。

这部封面上印着一个半裸女郎的长篇小说，是由瑞士迪欧根纳斯出版社出版的，写的是十八世纪中叶法国巴黎一个香水商人奋斗、发迹、堕落、毁灭的故事。十八世纪的巴黎是法兰西帝国最脏的城市，主人公让巴蒂斯特·格雷诺耶的母亲在垃圾堆边生下了私生子，因为有遗弃婴儿的企图被判处绞刑。孤儿格雷诺耶虽然出生在最脏最臭的地方，但却天生具有超常的嗅觉。他从小学会了用鼻子来认识周围环境，长大以后凭借这种奇特的嗅觉能力生产出颇受欢迎的香水，成为巴黎最富有的香水商。但是，格雷诺耶生产香水的目的并不仅仅是为了赚钱，更不是为了造福于人类，而是另有所图。他认为：香味可以随着呼吸进入人体，钻入心脏，从而支配人的好感与厌恶、痛苦与欢乐、爱与恨。因此，“谁只要控制了人的鼻子，他就能控制人类”。格雷诺耶千方百计采集世界上的各种气味，试图制成一种特殊的香水，使人一旦闻到这种香水味，就会神魂颠倒，沉迷不醒，只知终日纵情享乐，甘愿任他摆布，掌握这种香水的他，则自然是主宰一切的人物。他尤其喜欢闻女人身上的香味，想方设法接近各种各样的女人。他并非对女人的肉体感兴趣，而只是为了摄取她们身上散发出来的芬芳香味，并将其长期保存起来，借以唤醒自己情意绵绵的回忆。这种芬芳香味使他激动，狂热，着迷，就像得到了性的满足一样。在满足了自己对香味的需要之后，他便将这些女人杀死。格雷诺耶先后杀死了二十六名年轻女人，最后被警方抓获，判处死刑。行刑之日，藏在他身上的香水竟然熏倒了许多前来观看行刑的人，格雷诺耶自己也在这种迷人的香水气味中死去。

《香水》不仅以其奇特的故事和曲折的情节吸引了

成千上万的读者，而且也受到了德国评论界的一致好评，认为这是一部寓言式的小说，情节和人物虽属虚构，但作者旨在借古讽今的意图则显而易见，作品影射了现实生活中存在的某些丑陋现象。著名评论家马塞尔·赖希拉尼茨基在《法兰克福汇报》上撰文说：聚斯金德这个在德语文坛初露头角的年轻人，能够娴熟地驾驭德语，擅长叙述故事，是一个永远也不会使人厌烦的小说家。联邦德国作协副主席、著名作家于尔根·洛德曼在向当时正在德国访问的中国作家代表团介绍当代德国文学情况时，专门提到《香水》一书，认为“其写作技巧达到了很高的水平”，“它描写的环境如实，富有感性”。《明镜》周刊将《香水》的出版称作“德语文坛的一件大事”；《时代》周报认为聚斯金德的小说“散发着沁人心脾的香气”；《标题》杂志写道：“这是一部描写细腻的讽刺作品，它并非针砭某一具体对象，求证内容是否完全符合事实是毫无意义的。”美国的《时代》周刊说，这部小说“充满力度”，“使人入迷”；法国的《费加罗报》预言：《香水》将成为“当代文学史上一个无可比拟的奇迹”；美国的《纽约时报》发表了题为《成功的芳香》的书评和聚斯金德的谈话《向德语区的胜利进军》。

帕特里克·聚斯金德于1949年出生在德国南部施塔恩贝格湖畔的阿姆巴赫，曾在慕尼黑和法国学习中世纪历史和现代历史，没有毕业就开始为电视台撰写脚本，他与别人合写的电视连续剧《马纳柯·弗朗塞》和《基尔·罗亚尔》曾经轰动一时。当时年仅三十五岁的青年作家能够被迪欧根纳斯出版社看中，完全出于偶然。1984年，聚斯金德的剧本《低音提琴》被搬上了舞台。迪欧根纳斯出版社经理达尼尔·基尔的女秘书偶然观看了这出只有一个人的话剧，并且将其推荐给她的老板。基尔读了剧本后，或许是碍于女秘书的情面，安排印了3 000册《低音提琴》的单行本。后来，这出话剧竟然成了1984—1985年演季上演最多的德语剧目。聚斯金德出于感激之情，将新作《香水》的手稿交给了迪欧根纳斯出版社，基尔刚读了几页，就被该书的“香味”迷惑住了，但是他当初并没有对这本书寄予很大希望。《香水》出人意料的成功，使得迪欧根纳斯出版社这个刚刚精简裁员的中等出版社，立刻再招兵买马，加紧赶印新书，以满足市场需求。聚斯金德本人更是深感意外。《香水》不仅使他一跃成为备受瞩目的文坛新秀，而且彻底结束了他靠“买文为生”的生活。聚斯金德生性腼腆，出名之后，仍然不愿抛头露面，竭力回避记者的采访，甚至在法文版首发式上让法文译者单独出场应付电视报道。不知是出于什么原因，大红大紫的作家，竟然会亲自给我这个中国的译者写了回信。这封信中对五个问题的回答，当年曾经发表在《世界文学》上，如今摘译出主要内容作为本书的“代序”。

拙文《联邦德国青年作家帕·聚斯金德》在《外国文学动态》发表之后不久，被《文艺报》的“世界文坛版”（1987 年 10 月 24 日）几乎全文转载，编者换了一个非常吸引人的标题“《香水》——当代文学史上一个无可比拟的奇迹”，还配发了作家的照片。当年，中国作家协会主办的《文艺报》在国内文化出版圈里影响很大，文章立刻引起了好几家出版社的关注，他们辗转打来电话希望笔者尽快翻译出版这本书。笔者当时答应为漓江出版社翻译此书，但是不久突然接到其他重要任务，因此就在 11 月广州举办的“德语文学研究会年会”期间，向漓江出版社推荐了南京大学教授李清华老师，并将装订成册的复印本送给了他。当年我国还没有签署国际版权公约，其他出版社也在计划另外请人翻译该书。李清华老师是一位很有经验的老翻译家，很快就交出译文，漓江出版社的版本率先出版，印数超过十万册。

《鸽子》这部中篇小说是聚斯金德出的第三本书，出版于1987年，主人公是法国巴黎银行的门卫约纳丹·诺埃尔，五十岁出头，农民出身，服过兵役，已经当了近三十年的门卫。他每天的工作就是站在银行大门前面，或者在三级大理石台阶上迈着稳健的步子踱来踱去。回首平生，诺埃尔没有任何值得留恋的事情：展望未来，他更是别无它求，唯有死亡在等待着他。诺埃尔几十年来过着一种平淡孤独、极有规律、自我满足的生活。三十年来，他一直住在一间很小的但是布置得井井有条的房间里，在这个充满不安的世界上，这里一直是他的安全岛。1984年8月，在一个刚刚下过暴雨的星期五的早晨，诺埃尔拉开房门，发现有一只鸽子蹲在门前，他吓得赶紧退回房间，把门锁上，祈求上帝的帮助，最后终于鼓足勇气，冲出了房间。素来与世无争、向往平静生活的诺埃尔把这只鸽子视为一种外部的威胁，因为它打破了他常年恪守的生活规律。整个上午诺埃尔都六神无主、心不在焉，他感到自己长期以来习惯的生活规律和平静的心境遭到了破坏，他惊愕地发现自己的生活是多么的可笑，平静的生活一下子全被打乱了。作者不吝笔墨地陈述了主人公枯燥乏味的生活和工作，细致入微地描写了诸如他的走路、站立、吃饭、喝酒、散步、睡觉、整理房间、分发信件，甚至小便等日常琐事。这种无聊乏味的机械性的周而复始，构成了主人公的全部生活内容，使他感到满足、平静、安全，而这只鸽子的出现打破了他的内心平静和生活秩序。在一个半小时的午休期间，诺埃尔在小公园里遇到一个已经认识多年的流浪汉，他想起三十年前第一次见到他的情景，他们见过无数次，但彼此仍然是陌生人。与生活极有规律的诺埃尔相比，流浪汉则过着一种完全随意自由的生活。每个工作日，诺埃尔九点准时站在银行门前，而流浪汉则常常在十点或者十一点才优哉游哉地翻腾着街角的纸箱，寻找可以吃的和用的东西。诺埃尔一小时又一小时，一天又一天，一年又一年地靠为银行看门挣生活费，抱怨生活的艰辛，而流浪汉则对每一位将硬币零钱扔进帽子的施主笑脸相迎，显示出极大的满足。诺埃尔不禁感到既气恼又嫉妒，气恼的是，流浪汉的那种自信和满足，嫉妒的是，他自己不可能像流浪汉那样显得信心十足。他的气愤和嫉妒继而又转变成了惊奇，他早就以为，这个流浪汉不会再活多久，但是却惊奇地发现，流浪汉活得好好的，而且很自在，但是他立刻就被一种恐惧感所攫住，他担心自己有朝一日也会沦落街头。想到这里，他的生活看似坚实的基础，顷刻之间分崩离析。他觉得自己是个失败者，是个无能的人，下个月就会被银行解雇，而他根本不可能找到一个新的工作。失业，流离失所，一无所有，生存危机的恐惧，驱使诺埃尔急于逃离，情急之下，他竟然把自己的裤子撕了一条大口子。诺埃尔感到，这条口子不是撕在裤子上，而像是把他自己劈成了两半，血咕噜咕噜地往外冒，不赶紧堵住这个“伤口”，他担心自己随时都有可能死掉。于是，他心急火燎地奔向一家裁缝店，当他看见女裁缝的时候，觉得自己得救了，因为这位女裁缝是“令人信任”的，但是在仅剩下的午休时间内，女裁缝表示绝无可能完成缝补工作。绝望和不安再次攫住诺埃尔，他离开裁缝店，冲进百货店买了一卷不干胶，把裤子上的口子粘住，然后匆匆赶回银行上班。整个下午，裤子上贴着不干胶，站在银行门前，使诺埃尔活像一个喜剧小丑，而他此时此刻的心态则充满了悲剧色彩，在经历了数次的绝望与希望，怀疑与得救，危难与幸运之间的摆动之后，笼罩着诺埃尔心上的只有对自己的蔑视和怨恨。他也曾产生过要做些什么的冲动，然而就连他自己也很清楚，这种行动的愿望仅仅是愿望而已。“他不是一个积极行动的人。而是一个逆来顺受的人。”[1]他只能屈从于命运的安排，放弃是他唯一的选择。他觉得自己变成了一个侏儒，变成了“一小堆垃圾”，他不再相信生活规律的存在。下班以后，他因为鸽子而不愿回家，在街头漫无目的地游荡，纵然饥饿难忍，也不愿意穿着破裤子走进饭店，因为整洁、秩序、条理、风纪是他的生活规律的重要组成部分，而他觉得自己的外表这时就像一个流浪汉。他在一家旅馆开了房间。这间房间比他自己的还要狭小，“开间也不比棺材宽敞多少”，晚饭他吃得很慢，“因为他认为，这是自己的最后一顿饭了”。诺埃尔终于作出了决定：明天早上自杀。夜里，雷雨交加，他混淆了旅馆房间和他自己的房间乃

1　文中未注明的引文均引自本书中译文。

至早年住过的叔叔的家和父母的家，童年的记忆与现实发生的事情交叠，历来封闭孤独生活的诺埃尔希望有人来解救他，希望结束迄今的生活方式，寻求与他人的接触。可以说，当诺埃尔发出“没有其他人，我就无法生活啊！”的感慨时，标志着他完成了寻找自我的过程，向往改变现有的生活方式，开始从孤僻的人（Einzelgänger）向普通的人（Mensch）转变。多年来离群索居的生活，现在在他看来，是一种可怕的事情，他不愿意再重复过去的生活规律。黑暗的陌生环境使诺埃尔得到了解脱，让他重新找到了自我。当新的一天开始之后，他甚至童心焕发，脱去鞋袜，赤脚回家，一路上不停地从一个水洼跳向另一个水洼，丝毫也不像一个准备要告别人生的人。只是当他快到家门口时，心里才掠过一丝疑惑：鸽子在那里等着。然而，“他一下子不再感到恐惧了”。故事的结尾：鸽子已经离去，诺埃尔的担心、恐惧、气恼和危机感也随之一扫而光。生活仍将继续，一切又重归原状。小说几乎通篇都是主人公的意识流动和内心独白，是一篇上乘的心理小说。

《鸽子》得到了德国评论界的几乎众口一词的赞扬。《明镜》周刊1987年第12期认为：以古典中篇小说形式写成的《鸽子》，是一篇表现人类生存恐惧的寓言，反映了当代社会普遍存在的人们对于未来的恐惧。《莱茵河水星报》1987年3月号文学副刊的评论员沃尔夫·舍勒认为："《鸽子》是当代散文创作中的一部罕见的杰作，是一篇结构缜密、技巧娴熟，以心理描写见长的小说，在叙述技巧上是欧洲传统的中篇小说创作艺术的继续。"《鸽子》的第一版印了十万册，一个月后跃居德国文学类畅销书排名榜第二位，是1987年德国全年第三畅销书，同时还卖出了美国、英国、法国、意大利、荷兰、西班牙、巴西等十几个国家的翻译版权。《鸽子》中译文属于较早的外文版本之一，当时，在沈阳出版的《中外文学》的编辑李姊昕女士得知《鸽子》的情况，约请笔者翻译，因为交稿时限较短，笔者约请友人张建国先生加盟合作，未及全部完成，张先生就负笈西洋，后来中文译文发表在 1988 年第 3 期上。《鸽子》显然不及《香水》迷人，后来承蒙韩耀成先生看中，选入他主编的《外国心理小说名著选》（贵州人民出版社 1997 年版），算是多了几位读者。

聚斯金德不是一个多产作家，他的作品除了前面提到的之外，还有一本长篇小说《夏先生的故事》（Die Geschichte von Herrn Sommer）和收在本书里的三个短篇小说。《对深度的强制》（Der Zwang zur Tiefe）里写的是一个“聪颖过人”的年轻女画家，在举办了第一次画展之后，因为受到“这些画都缺乏深度”的评论，开始变得怀疑、困惑、古怪、萎靡，她试图寻找深度，却又不得要领，“终日闭门不出”，“却什么也画不出来”，陷入了一场难以自拔的危机，最后，绝望地从电视塔上跳下自杀身亡。《一场龙虎斗》（Ein Kampf）写的是一场势不均力不敌的象棋比赛：“棋坛高手”挑战当地棋王。所有的观棋者从陌生的年轻人的“姿态中流露出来的镇定和沉着”断定他是一位“棋坛高手”，希望他“创造人们期待已久的奇迹”，战胜七十岁的“其貌不扬”的当地棋王，“让他也终于尝尝失败的苦涩”。如果说是陌生人从容不迫、大刀阔斧、满怀信心的举止，倒不如说是围观者屡战屡败的心态，使得人们希望有一位天才棋手来“为大家洗刷耻辱”。因此，尽管年轻人屡出漏招，“深谙棋道”的观棋者们却总在设法为他找到“这步棋的目的和深刻意义”，断定“大师自有他的锦囊妙计”。即使是当“棋坛高手”处于劣势，观棋者们也找出不以数量优势论英雄、大师自有战略目光为其解释。生死攸关之际，观棋者们仍然坚信他们的人将获得胜利，甚至希望、渴望、祈求当地棋王会犯一个低级错误，导致棋局发生逆转，相信大师能创造奇迹，赢得胜利。当他们的统帅推倒棋认输的时候，他们仍然不能相信这一事实。当地棋王因外界的影响从一开始就变得躲躲闪闪、犹豫不决，思考了好长时间才满腹狐疑地作出决定。即使处于优势，阵地固若金汤，他也心慌，怀疑自己估计错误，钻进了对方设下的致命的圈套，变得更加小心，更加迟疑，更加胆战心惊。直到胜局已定，他才恍然大悟，他本来在开局的时候就能置对手于死地，因为对手频频臭招，显然是对下棋半通不通，是对手的自信、天赋和青春活力，加上围观者们的情绪导向，使他感到自卑和缺乏自信。虽然他最终赢了这盘棋，但是他在心理上遭受了一次失败，而且是一次不可弥补的失败，因为他在整个比赛中都在否定自己，贬低自己，在对手面前缴械投降，更为可悲的是，他永远也不会有“报仇雪耻的机会”，任何辉煌的战绩都无法弥补这样一种失败。所以他决定与象棋彻底决裂，永不下棋。这是一篇非常精彩的短篇小说。《梅特尔·米萨尔的遗嘱》（Das Vermächtnis des Maĭtre Mussard）是一篇很难读懂的作品，一个“看重书籍和科学”的人，在两百多年前留下了一封遗书，记载了这个“博学的人”对贝类进行的彻底的研究，思索多年，冥思苦想，终于悟出一个道理：“世界……是一个残忍的合上的贝。”最后，这个看到过贝类的第一人，得了“贝类病”，“到下面去和贝类汇合了”。可惜，笔者功力不够，终究还是没能读懂可怜的米萨尔到底要向后代传达哪些“难以置信的发现和知识”，更没有明白作者聚斯金德试图要表现什么。但愿大多数读者不要像我这样辜负了作者的一片苦心。不过，好在作者对于读者根本就不抱任何希望，或者，他根本就没有指望有人能够读懂他的作品，或者，他也压根儿就没有想要表现什么。天晓得！

拉拉杂杂，写成这篇文字，主要是追述了当年聚斯金德和他的作品被介绍到中国的情况。责任编辑裴胜利先生原本是约请写一篇前言，左思右想，觉得这篇文字作为“译后记”更为妥帖，纵然是迟写了十五年。好在有作家本人的一篇亲笔真迹作为“代序”，希望读者们也会对这样的安排感到满意。

蔡鸿君

2002 年 8 月于德国凯克海姆

图书在版编目（CIP）数据

鸽子 /（德）帕·聚斯金德著；蔡鸿君等译 .
—上海：上海译文出版社，2019.12（2021.1重印）
（聚斯金德作品集）
ISBN 978-7-5327-8239-0

Ⅰ.①鸽… Ⅱ.①帕… ②蔡… Ⅲ.①中篇小说—德
国—现代 Ⅳ.①I516.45

中国版本图书馆 CIP 数据核字（2019）第 224276 号

图字：09-2001-297 号

鸽子
［德］帕特里克·聚斯金德　著　蔡鸿君　张建国　陈晓春　译
责任编辑 / 杨懿晶　装帧设计 / 千巨万工作室

上海译文出版社有限公司出版、发行
网址：www.yiwen.com.cn
200001　上海福建中路 193 号
上海盛通时代印刷有限公司印刷

开本 787×1092　1/32　印张 7.75　插页 6　字数 70,000
2019 年 12 月第 1 版　2021 年 1 月第 2 次印刷

ISBN 978-7-5327-8239-0/I·5056
定价：48.00 元